DER ALTENZOO

UNVERKÄUFLICHES
LESEEXEMPLAR

Sperrfrist für Rezension:
20. Juli 1998

Satz: Fotosatz Rizner, Salzburg
Printed in Austria by Wiener Verlag, Himberg
ISBN 3-7017-1119-4

GÜNTER HOLM

# Der Altenzoo

Roman

Residenz Verlag

„Man erträgt sich dank dem Körper – der Schönheit. Aber der Körper altert. Wenn die Schönheit verfällt, stehen sich nur noch die Psychologien gegenüber – und sie treten einander ohne Vermittler entgegen.“

*Albert Camus:*
*Tagebuch März 1951 – Dezember 1959*

# I

Tante Lucy ruft an, Roy Black sei gestorben.
„Schon gehört, aber wer ist das nochmal?“
Wenn Tränen durch die Leitung fließen könnten, wäre Jottls Gehörgang jetzt überflutet. Geduldig wartet er, bis seine Tante wieder zu sich gekommen ist.
„Also, Tante Lucy, wer ist Roy Black?“
„Du kennst diesen berühmten Sänger nicht?“
„Ach, jetzt weiß ich, klar, dieser Schnulzensänger, und der singt nun nicht mehr?“
Jottl weiß nicht recht, ob seine Tante ihn verstanden hat, ihr Schnauben klingt wie ein mißlungener Trompetenton.
„Mein herzliches Beileid, Ta Lu.“
Tante Lucy, tapfer gegen einen neuen Tränensturz ankämpfend: „Jottl, ich hab doch sonst niemanden mehr, verstehst du?“
Aus dem Hintergrund dringt ein krächzendes Lachen, künstlich gedehnt, satt und hämisch, an Jottls Ohr.
„Hörst du, das ist nicht der Papagei. Pette ist das, er hat wieder mal seinen Tag. Jottl, du mußt kommen, sofort, ich laß mich scheiden, es ist aus, Pette spricht nicht mit mir, antwortet kaum, diese Stummheit erstickt mich noch, ich muß hier raus, Jottl, fort, fort, fort.“
Jottl hört jetzt Pettes Stimme, seinen dunklen Baß: „Scheidung mit achtzig, da kann ich nur lachen, kommt kaum zum Klo allein und will fort.“

„Ich komme", sagt Jottl.

„Bring Stella mit", ruft Tante Lucy noch.

Tante Lucys kleines Reich erstreckt sich von der Couch, ihrem Stammplatz, zum Fernseher, zur Küchenzeile, zum Bad, zum Bett. Um dieser Enge, mehr noch Pettes Nähe, zu entkommen, stakst sie, auf zwei Leichtmetallkrücken gestützt, zum Lift, zwischen dessen Spiegelwänden sie in verliebter Selbstbetrachtung abwärtsrauscht. Manchmal meint sie, der Lift könne ruhig etwas langsamer fahren, weil sie zwischendurch auch gern mal die Augen schließt und sich vorstellt, sie fahre im Zug nach Berlin, wo sie sich im Café Kranzler sitzen sieht und die Blicke fremder Männer herausfordert, indem sie die goldenen Armbänder an ihren Handgelenken rasseln läßt oder sich selbst umschaut. Reicht ihr die Fahrzeit nicht, um sich ungestört in Tagträumen zu verlieren, fährt sie auch mehrmals ab und auf und ab, so lange, bis der Lift auf einer der fünf Etagen gestoppt wird und sie nicht mehr allein in der Kabine ist.

In der Empfangshalle nimmt sie unter dem mit glitzernden Kristalltränen behängten Kronleuchter Platz, wühlt sich in einen tiefen Clubsessel und nimmt die Parade der ein oder aus gehenden Mieter ab. Tante Lucy und Pette wohnen schon seit sieben Jahren in dieser noblen Bettenburg, und noch immer zieht ihre extravagante Aufmachung die Blicke auf sich: schwarze, golddurchwirkte Lastexhosen, wie sie in den sechziger Jahren Mode waren, hochhackige Pantoletten, trotz ihrer Gehbehinderung, Handschuhe aus weißem Nappaleder, deren Stulpen bis zu den Ellen-

bogen reichen. Ihr Oberkörper, in einer ärmellosen Seidenbluse, wirkt in dem mächtigen Ledersessel puppenhaft. Das weiße, straff nach hinten gebürstete Haar hat sie zu einem Zopf geflochten, den am unteren Ende ein keckes Schleifchen ziert.
Lucys Behinderung ist nicht nur auf die Beine beschränkt. Auch ihre Hände brennen vor Schmerz. Arthritis hat ein Arzt diagnostiziert, schon als sie vierzig war, Arthrose später ein anderer. Alle Ärzte waren sich einig: Tante Lucy verdankt ihre Gehbehinderung der Überanstrengung als Tänzerin. Und die knollenartigen Verkrüppelungen an Hand- und Fingergelenken sind Spätfolgen kunstgewerblicher Handarbeit, mit der sie sich durchschlug, nachdem die Beine an Muskelkraft, die Füße an Spannkraft eingebüßt hatten und sie ihre Karriere als Tänzerin hatte aufgeben müssen.
Daß sie als Kind schon unter Zuständen innerer Spannung und äußerer Unruhe gelitten hat, daran will sie sich nicht erinnern. Schon vor der Einschulung, das weiß Jottl aus Erzählungen seiner Mutter, der älteren Schwester Tante Lucys, sei sie wie verrückt durch die Wohnung gefegt, auf den Kachelofen geklettert und hinuntergesprungen, um ihre Mutter zu erschrecken. Oder sie sei jauchzend, auch in fremden Häusern, am Treppengeländer hinuntergesaust oder seilspringend durch die Straßen getollt. So scheint der Gedanke nicht abwegig, sie habe nicht aufgrund eines auffälligen Talents mit der Tanzausbildung begonnen, sondern weil Unruhe und mangelndes Sitzfleisch sie dazu getrieben hatten. Um so erstaunlicher, daß es ihr trotz-

dem gelungen war, Spannungszustände in choreographisch abgezirkelte Schritte umzusetzen. Und auch mit einem eisernen Willen habe sie als Kind schon verblüfft.

Als Jottl Tante Lucy einen Tag nach dem Telefongespräch besucht, gibt es einen überraschenden Empfang. Bis dahin hat sie ihn meist in der Wohnung erwartet, zuweilen auch, wenn sie ihre Gehübungen machte, in dem langen Etagenflur, von dem links und rechts je zwölf Appartements abgehen. Lucy und Pette bewohnen ein Doppelappartement, zwei nebeneinandergelegene Aufenthaltsschachteln, die Trennwand dazwischen wurde vor dem Einzug durchbrochen. So entstand ein großer Raum, der großzügig eingerichtet werden konnte. Durch die Fensterfront schaut man über einen alten Baumbestand hinweg auf das Staatstheater und das Kurhaus mit Spielcasino. Hintergründigste Attraktion der Wohnraumverdoppelung: Lucy und Pette haben nun auch zwei Eingangstüren, zwei Dielen, zwei Bäder, zwei Balkone. Daß sie dieser – manchen unnütz erscheinende – Effekt nicht störte, sondern für Tante Lucy entscheidend war, hier zu mieten und nicht anderswo, bemühte sich niemand nachzuvollziehen. Pette galt ohnehin bald als gutmütiger Tolpatsch im Haus, und Tante Lucy hatte schnell den Ruf einer leicht verrückten Plusterpute.

Jottl hat sich nach einem Stau auf der Autobahn und langwieriger Suche nach einem gebührenfreien Parkplatz erheblich verspätet und stürmt, als meine er, den Zeitverlust so aufholen zu können, dem Lift entgegen, als Tante Lucys schrille Stimme ihn ruckartig bremst:

„Na sag mal, siehst du nichts? Und überhaupt, wieso kommst du erst jetzt?“ Das übliche Begrüßungszeremoniell, Küßchen links, Küßchen rechts, entfällt. Tante Lucy, unter dem mächtigen Kronleuchter auf ihre Krücken gestützt, schaut mürrisch drein. Neben ihr, einen Kopf größer und so breit, daß Tante Lucy sich hinter ihm hätte verstecken können, Pette. Er trägt einen braunen Filzhut, dessen breite Krempe heruntergeklappt ist und ihn so aussehen läßt, wie schlichte Gemüter sich einen Sittenstrolch vorstellen. Sympathisch unrasiert, zwinkert er Jottl mit dem rechten Auge zu, als wolle er ihm tröstend zu verstehen geben, die kann uns mal, aber wir wollen nicht, gell?
„Und warum kam Stella nicht mit?“ fragt Tante Lucy unwirsch. Jottl zuckt mit den Schultern.
„Parkst du am Haus?“
Er schüttelt den Kopf.
„Dann hol den Wagen, du fährst mit Pette zum Supermarkt, Einkaufszettel hat er. Und daß ihr mir nichts vergeßt, na hopp, worauf wartet ihr?“
Während Tante Lucy zwischen ihren Krücken vogelschnell zum Fahrstuhl stochert, setzt Pette sich schwerfällig in Bewegung. Für seine Größe macht er auffallend kurze Schritte, wobei die Arme herunterhängen, als gehörten sie nicht zu ihm. Den Kopf hält er schief gesenkt. Besonders schwer fällt es Pette, auf den Beifahrersitz zu gelangen. Jottl muß ihm vom Rücksitz aus stützend unter den linken, dann auch unter den rechten Arm greifen, damit sein Körper nicht fällt, sondern langsam auf das Sitzpolster gleitet. Dann steigt er wieder aus, geht um das Auto herum und bückt

sich nach Pettes Filzhut, den ihm das Wagendach bei der umständlichen Prozedur abgestreift hat.
Tante Lucy gegenüber hüllt sich Pette meist in Schweigen, wobei er auch seinem Gesichtsausdruck jede Regung untersagt, die vermuten ließe, was er denkt. Je länger Pette schweigt, während sie zu ihm spricht, selbstzufrieden, wie sie ihm unterstellt, um so heftiger wird ihre Reaktion, sie redet schneller – noch schneller – und aggressiver in der Annahme, irgendwann müsse Pette von ihren Wortgeschossen so schmerzlich getroffen sein, daß er zur Gegenwehr übergeht, womit der ersehnte Dialog beginnen könnte. Jottl hat schon erlebt, daß Tante Lucy ihren Mann anfleht, er möge irgendwas tun, irgendwie reagieren, und sei es, ihr wenigstens eine zu knallen. Sie hielt ihm das Gesicht herausfordernd hin. Und tatsächlich, das Wunder geschah, Pette sprach. Aber nur einen einzigen Satz: „Ich schlage keine Frau." Als Tante Lucy dann enttäuscht zu weinen begann, schaltete Pette den Fernseher ein, und zwar so laut, daß sie keine Chance hatte, sich mit ihrer weinerlichen Stimme durchzusetzen. Schließlich saßen beide einträchtig vor dem Zauberkasten und glotzten, wohltuend voneinander abgelenkt, auf die bewegten Bilder.
Jottl kennt aber auch einen anderen Pette. Schon aus seinen Hinweisen während der Fahrt, „bei der Ampel rechts", „jetzt auf die linke Spur" oder „bleib in der Mitte", klingt Vorfreude mit, und als nach der letzten Abzweigung die Leuchtschrift PFERDLAUF auf dem Flachdach des Supermarkts sichtbar wird, spricht Pette sogar einen längeren Satz: „Am besten, wir halten am

Eingang, ich hol dann schon den Einkaufswagen und warte drinnen auf dich." Erstaunlich, wie gelenkig Pette auf einmal aus dem Wagen kriecht und, ohne sich umzuschauen, davongeht.

Als sie sich am Drehkreuz vor den Regalen treffen, steht Pette zwischen zwei Einkaufswagen, einen an jeder Hand, und sagt: „Ich hab dir auch gleich einen geholt, den anderen brauch ich nämlich zum Aufstützen, verstehst du, dann bin ich besser zu Fuß, ja, und hier ist der Einkaufszettel." Pette kramt das zerknüllte Blatt eines Tischkalenders aus der Tasche seines Lodenmantels und reicht es Jottl mit den Worten: „Kümmerst du dich drum? Wir treffen uns an der Kasse, bis gleich."

Es dauert etwas, bis Jottl dahinterkommt, daß die Reihenfolge der Einkaufswünsche auf dem Papier exakt der Anordnung der Warengruppen in den Regalen entspricht, so daß es nicht schwer ist, Tante Lucys willkürlich tanzender Schrift das Gewünschte zuzuordnen. Rascher als gedacht hat Jottl alles beisammen, schiebt den Lebensmittelberg an die Kasse und stellt sich an. Da fällt ihm wieder ein, daß er ja mit Pette verabredet ist. An welcher Kasse? Etwa zwanzig gibt es hier. Er stellt den Einkaufswagen zur Seite und hält nach Pette Ausschau.

Im Menschengewühl zwischen den Regalen entdeckt er schließlich den braunen Filzhut. Eine Hand auf die Lenkstange des Einkaufswagens gestützt, fummelt Pette mit der anderen Hand in der Innentasche seines Mantels herum, fördert etwas zutage, das jedoch unsichtbar bleibt, weil es aus Pettes Faust gleich in seinem Mund verschwindet. Bevor er wieder in die Manteltasche greift, schiebt er den Wagen ein Stück voran. Sein Gesicht ist überraschend entspannt, so als sei er allein auf weiter Flur. In Jottl steigt ein Verdacht auf: Hat Pette etwa Schokolade geklaut? Jottl geht schnurstracks auf ihn zu, ruft spitz seinen Namen und zupft ihn am Ärmel. Jetzt bekommt Pette diesen befremdeten Gesichtsausdruck, wie er ihm seiner Frau gegenüber so erfolgreich gelingt.

„Gehen wir, Pette? Ich hab den Wagen an der Kasse stehen.“ Pette wischt mit der Zunge die an den Zähnen klebende Schokolade fort und sagt grinsend, als sei überhaupt nichts gewesen: „Also los.“ Er läßt seinen leergebliebenen Wagen stehen und trottet brav neben Jottl her.

Vor ihnen an der Kasse stellt sich eine junge Frau an, auf dem Kindersitz des Einkaufswagens ihr kleines Kind, das an einer Eisstange lutscht und mit großen Augen Pette mustert, während dieser noch immer mit den Schokoresten zwischen den Zähnen beschäftigt ist; achtzig Jahre Altersunterschied, zwischen denen Jottl steht.

In die Bettenburg zurückgekehrt, nimmt Jottl die Einkaufstaschen, vier prallgefüllte Plastiktüten, und läuft aus dem Treppenhaus in den langen Etagenflur, um sich schnell von dem schneidenden Schmerz der Tragegriffe zu befreien, als er Pette rufen hört: „Jottl, Jottl, nicht so stürmisch, stell das Zeug hin, komm her.“

Jottl lehnt die Taschen an die erste Eingangstür des Doppelappartements und kehrt zurück, den Schmerz aus den Händen schüttelnd. Pette ist gerade dabei, einen der beiden mit dem Namenssteckschild KALL versehenen Briefkästen zu öffnen. Er langt mit dem Arm in das Fach und sagt: „Ich muß dir etwas beichten, jetzt, wo wir unter uns sind, Jottl, ich habe niemanden, mit dem ich reden kann, ich bin Lucy ausgeliefert. Ob du es glaubst oder nicht, sie schießt auf mich, zwar nur mit Worten, aber scharf, sag ich dir. Eines Tages erledigt sie mich."

Pette zieht ein Fläschchen aus dem Fach, DEUTSCHER WEINBRAND steht auf dem Etikett. Er macht einen Schritt seitwärts und schiebt den Flachmann durch den Schlitz des Müllschluckers. Über seine grauen Bartstoppeln huscht ein kindliches Strahlen, als er aus der Seitentasche seines Mantels Nachschub zaubert und im Briefkasten verschwinden läßt. Aus der anderen Seitentasche holt er vier Tafeln Schokolade, eine nach der anderen, und läßt sie dem Schnaps in das Schließfach folgen.

„Mein Tresor", verkündet er nicht ohne Stolz.

Jottl verschlägt es die Sprache, er weiß im Augenblick nicht, wie er sich verhalten soll. Er schämt sich für Pette und senkt den Kopf. Dieser tritt ganz dicht an Jottl heran und flüstert ihm ins Ohr: „Mein Panzerschrank, er ist mein Schutz gegen Lucys Maschinengewehrfeuer."

Da muß Jottl lachen. Pette auch. Zuerst gelingen ihnen nur gepreßte Töne. Jottl sieht Pette an und Pette Jottl. Schließlich lachen beide lauthals. Sie schlagen einander auf die Schultern und schwanken ein wenig, ehe sie sich in die Arme fallen. Als es ihnen peinlich wird,

einander so nahe gekommen zu sein, schieben sie sich gegenseitig fort. Und es ist wieder so, als sei überhaupt nichts geschehen.
Sie betreten den langen Etagenflur. Pette hält den Schlüssel in der Hand und zielt schon ins Schloß, da erschrickt er: „Wo ist unser Einkauf? Hast du die Tüten nicht vor die Tür gestellt?“
„Sicher! Hier muß inzwischen jemand gewesen sein.“
Pette schlurft zum Flurende und schaut aus dem offenen Fenster, als ob jemand die Taschen hinausgehievt haben könnte. Jottl dreht sich im Treppenhaus um, als er den Lift halten hört, und sieht Stella aussteigen.
„Schau nicht so, ich bin mit der Bahn gekommen. Tante Lucy hat mich vermißt.“
„Du hast ja was Neues an, kenn ich gar nicht.“
Stella trägt einen auberginefarbenen Hosenanzug aus Samt, ein schöner Kontrast zu ihrem dichten, rotblonden, hier und da schon weiß werdenden Haar.
„Jawohl, selbst gekauft, ganz allein.“
„Steht dir gut.“
„Stört es dich?“
„Suchst du Streit?“
„Und du?“
„Unsere Taschen, die Taschen mit dem Einkauf, sind fort.“
„Weiß es Ta Lu schon?“
„Sie scheint nicht da zu sein.“
„Gibt es nicht, ich hab sie ausgefahren, wir sind noch nicht lange zurück, ich war eben nur in der Apotheke und hab ihre Medikamente geholt. Vielleicht ist sie eingeschlafen.“

Stella kramt den Wohnungsschlüssel aus ihrer Umhängetasche, fegt durch eine Tür des Doppelappartements hinein und durch die andere wieder hinaus, während Jottl gerade zwei, drei Schritte ins Kallsche Reich gesetzt hat.
„Ta Lu ist tatsächlich fort, aber euer Einkauf steht da."
„Was?"
Jottl schüttelt den Kopf, er kann sich nicht vorstellen, wie die Tüten in die Wohnung gelangt sein sollten, wo sie jetzt, an Tante Lucys Bett gelehnt, stehen.
„Das kann nur Ta Lu gewesen sein", ruft er, „wie hat sie das bloß geschafft mit ihren Knollengelenken, und wo steckt sie jetzt? Eben noch hier und schon wieder fort, und keiner weiß wohin?"
Stella hakt sich bei Jottl ein: „Eine Tante hast du, manchmal denk ich, du wirst auch mal so, aber das tust du mir nicht an, gell?"
Jottl löst sich aus der Berührung: „Eigenartig, nicht, einerseits kann sie einem leid tun, andererseits sind ihre Einfälle und Launen erstaunlich bis unerträglich. Ich denke an den letzten Hausbesuch ihrer Ärztin, um den sie dringend gebeten hat. Die Ärztin kommt, und Ta Lu sagt zu ihr: ‚Frau Doktor, Sie sehen immer so schick aus, während ich seit Jahren schon nichts mehr anzuziehen habe. Was müssen Sie nur von mir denken?' Sie fordert die Ärztin auf, mit ihr zum Kleiderschrank zu gehen, öffnet ihn und fragt ganz keß: ‚Na, was sagen Sie, Frau Doktor, sind meine Pelze nicht von Geschmack?' Und als die Ärztin sich brüskiert abwendet und geht, ruft Tante Lucy hinterher:

‚Hatte schon immer den Verdacht, von Mode, da verstehen Sie was, aber nichts von mir, gehen Sie nur, ich hol mir einen Mann als Arzt.‘ “

„Ich hab’s doch selbst erlebt, eben erst“, nimmt Stella Jottls Erzählfaden auf, „als ich sie im Rollstuhl ausgefahren hab. Sagt sie doch unterwegs, aus heiterem Himmel: ‚Es fängt zu regnen an.‘ ‚Nee, Ta Lu, wo denn?‘ ‚Und wie‘, begehrt sie auf, ‚ich spür doch schon Tropfen im Gesicht.‘ Sie zieht mehrere Plastikbeutel, Mülltüten, unter dem Pelzärmel hervor und gibt sie mir. ‚Einpacken, alles‘, herrscht sie mich an. Und ich? Statt sie auszulachen, mach ich das auch noch, packe die Krokotasche ein, die Schuhe an ihren Füßen und spann auch noch den Regenschirm auf.“

Jottl unterdrückt ein Kichern: „Arme Stella, und das dir.“

„Die Leute haben vielleicht geschaut. Als ich dann eine durchdringende Männerstimme hörte, die ‚schwarze Witwe‘ rief, wurde mir erst bewußt, daß Tante Lucy ganz in Schwarz war, von der Pelzkappe über den Persianer bis zu den Schuhen. Um so auffallender ihr Gesicht, weiß gepudert, Karnevalsmaske, wie eine Wunde der rote Lippenstrich. Auffallen muß sie, um jeden Preis, und ich, ich argloses Huhn, hab wieder mal nichts geahnt, an die frische Luft will sie, hab ich gemeint.“

Im Flur der fünften Etage herrscht die Ruhe eines verregneten Feiertags. Selbst die Berieselung aus den Deckenlautsprechern ist verstummt. Aus der Stille dringt ein Stöhnen, das Jottl als Pettes gurgelnden Atem identifiziert. Dieser hat sich in einem Nebengang zusammengerollt und mit dem Lodenmantel zugedeckt, das Gesicht der Wand zugekehrt. Der Hut liegt einige Meter entfernt.

Jottl streicht mit der Schuhspitze spielerisch Pettes Rücken entlang, als er hinter sich Stellas Stimme vernimmt: „Das kannst du doch nicht tun, Pette als Fußabtreter benutzen."

Sie bückt sich, hebt den Lodenmantel auf und fragt: „Schläfst du, Pette? Sag doch was!"

Jottl probiert eine andere Tour: „Keine Angst, die Taschen sind wieder da."

Jetzt öffnet Pette die Augen, hebt den Kopf und streckt zum Zeichen, daß er aufstehen will, die Arme hoch. Jottl hilft ihm auf die Beine, klopft ihm den Staub von den Hosen, während sich Stella um den Filzhut kümmert.

„Gott sei Dank", sagt Pette erleichtert.

„Aber wofür denn?" fragt Stella.

„Angenommen, die Taschen wären verschwunden geblieben, o Gott, o Gott. Ihr kennt Lucy schlecht, es ist reiner Selbstschutz, wenn ich dann verschwinde, meistens ins Bett, an mein Bett kommt sie nicht. Gift und Galle hätte sie gespuckt, wenn wir ohne die Taschen gekommen wären. Da hab ich mich lieber hier draußen hingelegt. Sich hinlegen, sag ich euch, das hilft, wenn man älter ist, denkt später dran."

„Tante Lucy ist fort, keine Spur von ihr", wendet Stella ein.

„Keine?“ fragt Pette ungläubig. Ein Lächeln öffnet seinen dünnen Mund, und das Weiße in seinen Augen wird groß.

Pette erhebt sich von seinem Ausweichlager, und sie sind schon auf dem Weg zurück ins Appartement, als sie Tante Lucys Stimme innehalten läßt. Aus dem ersten Appartement am Ende des Flurs, rechts vor der Glastür zum Treppenhaus, dringt ein scheppernder Lachgesang. Gleichzeitig, als habe ihre Stimme das Zeichen gegeben, schallt aus den Deckenlautsprechern wieder Musik, ein Walzer, „Wiener Blut“, und auf einmal erscheint der Flur wie eine Bühne mit Tante Lucy und dem Mieter jenes Appartements, einem gewissen Bechstein, der ihren lärmenden Übermut strahlend begleitet, als Darsteller.

Die beiden Krücken hat Tante Lucy waagrecht unter einen Arm geklemmt, in den anderen Arm hat sich Bechstein eingehakt. Als Tante Lucy entdeckt, daß sie von Stella, Jottl und Pette beobachtet wird, löst sie sich von Bechstein und beginnt, im Takt der Musik, die Beine abwechselnd links und rechts hochzureißen, als wolle sie den ebenso verspäteten wie gefährlichen Nachweis erbringen, daß sie einst eine vielversprechende Tänzerin gewesen ist. Es hätte sie das Gleichgewicht kosten, einen Sturz verursachen und den Bruch ihrer altersspröden Knochen zur Folge haben können.

Jottl und Stella sind Bechstein noch nie begegnet, Jottl weiß nur, daß Tante Lucy ihn anhimmelt. Er sei ein gepflegter, ein kultivierter Mann, angeblich Juwelier

und Besitzer einer Sammlung außergewöhnlich schöner Perlen, die Taucher zwischen den melanesischen Inseln aus dem Meer gefischt hätten.
„Bechstein, Abram“, stellt er sich vor, zieht einige Visitenkärtchen aus der oberen Außentasche seines dunkelblauen Blazers und überreicht sie, Miniaturspielkarten, auf der einen Seite das Herzkönig-Motiv, auf der anderen Bechsteins Anschrift, wobei der Zusatz SAMMLER VON PERLEN, BRILLANTEN, GOLD den Blickfang bildet.
Eine stattliche Erscheinung, zweifellos, und das Auffälligste an ihm ist sein Löwenhaupt, sein dichtes, weißes Haar, das, scheitellos zurückgekämmt, lockig über den Blazerkragen fällt. Aus seinen Blicksprüngen hin und her spricht Verlegenheit, dann wendet er sich affektiert an Stella und Jottl: „Meine liebe Nachbarin“, er schaut dabei auf Tante Lucy hinunter, die seinen Blick dankbar erwidert, „die verehrte Frau Kall erzählt immer, wie freundlich Sie beide sich um Ihre Verwandten kümmern.“ Sein Gesicht strahlt, als er an dem eleganten, bisher an seinem Unterarm hängenden Spazierstock zu drehen beginnt. Den schwarzen Stock in der einen und den silbernen Griff in der anderen Hand, gießt er aus dem Hohlraum des Stocks eine nach Alkohol und Trauben duftende Flüssigkeit in den Hohlraum des Griffs und reicht ihn Stella mit den Worten: „Cognac, Madame, reine Medizin, ich freue mich, Sie und Ihren Gatten kennengelernt zu haben.“
Jottl hat Stella noch nie Schnaps trinken sehen und staunt nicht schlecht, als sie den Cognac hinunterkippt, als sei sie an harte Sachen gewöhnt. Keine Miene

verzieht sie, kämpft jedoch gegen einen Hustenanfall, der Jottl veranlaßt, ihr auf den Rücken zu klopfen – eine Geste, der Stella sich durch eine rasche Körperdrehung entzieht.
Bechstein füllt den zum Schnapsglas verfremdeten Stockgriff nach und reicht ihn Jottl. Pette schaut zu Boden, hält die Hände vor dem Bauch gefaltet und reagiert erst wieder, als er Tante Lucy zirpen hört: „Sie sind der kultivierteste Mann im ganzen Haus, Herr Bechstein … Findet ihr nicht?" Pette glaubt ihren aggressiven Blick zu spüren. Er revanchiert sich, indem er den Kopf mehrmals ostentativ in eine ganz bestimmte Richtung dreht, und zwar zu Lucys Hosenbein hin. Alle bemerken das, so geschickt hat Pette die Aufmerksamkeit umgelenkt. Auch Tante Lucy kommt nicht umhin, den Blick an sich hinabgleiten zu lassen: Sie trägt weitgeschnittene Hosen aus schwarzer Seide. Unter dem Aufschlag schlängelt sich ein etwa zwanzig Zentimeter langer Stoffstreifen hervor, das Ende einer weißen, elastischen Binde, mit der das Fußgelenk umwickelt ist, um es vor dem Umknicken zu schützen. Das eine Ende der Binde hat sich durch Tante Lucys unvernünftige Tanzeinlage gelöst und liegt nun zwischen ihren roten Pumps, der allgemeinen Besichtigung preisgegeben. Eine peinliche Enthüllung, der sich Tante Lucy, hektisch hoppelnd, entzieht, das lappige, von Schritt zu Schritt länger werdende Ende des Verbandes wie eine Kapitulationsfahne hinter sich herziehend. Stella folgt ihr. In die Auflösung der Gruppe hinein tönt Bechsteins sonorer Abschiedsgruß: „Habe die Ehre, auf bald einmal."

Tante Lucy plumpst erschöpft auf die Couch, deren Federung ihren leichten Körper wippen läßt. Stella krempelt ihr Hosenbein hoch, rollt den Verband sorgfältig ab, während Tante Lucy wimmernd die vermeintliche Minderung ihres Ansehens in den Augen Bechsteins beklagt, mit der sie nach dem Mißgeschick werde leben müssen.
Jottl hilft Pette, die Hosenträger von den Schultern zu streifen und aus der Hose zu steigen, damit er sich ins Bett legen könne. „Wenn die alte Göre mal nicht mehr ist“ – er bekreuzigt sich –, „ihre große Klappe kriegt auch der Teufel nicht klein.“

Schwester Heta braucht nicht zu klingeln, sie hat einen Schlüssel für die Wohnungstür zum Schlafteil des Appartements. Tante Lucy sitzt im Morgenrock auf der Bettkante, läßt die nackten Beine baumeln, ihr Oberkörper zittert, als würde sie von einem Kälteschauer erfaßt. Als sie das Geräusch des Schlüssels in der Tür hört, erhebt sie sich.
„Da sind Sie ja, Schwester, ich dachte schon, Sie kommen heute überhaupt nicht mehr.“
Pette sitzt am Couchtisch nebenan und hört die beiden Frauen ins Bad gehen. Sie schließen die Tür hinter sich, er versteht nicht mehr, was sie sprechen, nur ein Gemurmel wie von weit her dringt zu ihm. Es ist Donnerstag, Tante Lucys Badetag. Er hat frei. Pette läßt die auseinandergefaltete Zeitung auf den Boden segeln, schiebt den Couchtisch so weit fort, daß er Beinfreiheit bekommt. Mit der Hand greift er seitlich

um die Vorderkante des Wohnzimmerschranks und zieht sich ächzend hoch, schleppt sich, vom Sitzen noch ungelenk, nun seinerseits ins Bad, schließt die Tür und setzt sich auf den Toilettendeckel. Die Vorstellung, daß zwischen Tante Lucy und ihm jetzt zwei geschlossene Türen und drei Wände sind, läßt ihn befreiter atmen. Dann macht er sich zum Ausgehen fertig, betupft sein Gesicht mit Eau de toilette, nimmt den Filzhut vom Garderobenständer, setzt ihn schwungvoll auf und zieht die Tür hinter sich zu.

Schwester Hetas Frisur hätte eine Perücke aus dem Museum für Haartrachten sein können: ein Meer aus winzigen Locken, grau und steif. Sie legt sich einen breiten Seidenschal um den Kopf und bindet ihn mit einer großen Schleife unter dem Kinn: „Gegen die Feuchtigkeit im Bad."
„Aber Schwester", ruft Tante Lucy entsetzt, „wie ein alter Osterhase sehen Sie aus."
Diese verletzende Ehrlichkeit nimmt Schwester Heta hin, denkt jedoch: „Na, warte, dir zeig ich's noch."
Für Tante Lucy, die nachts häufig aus dem Bett muß, um sich des tatsächlichen oder auch nur eingebildeten Blasendrucks zu entledigen, ist auf die Klomuschel ein breiter Kunststoffwulst montiert worden, damit sie nach dem Wasserlassen einigermaßen mühelos wieder auf die Beine kommt. Früher ist sie oft hilflos sitzengeblieben, nach Pette rufend, damit er ihr hilft. Pette aber hat einen selten tiefen Schlaf, behauptet er jedenfalls, und hat Tante Lucy oft nicht gehört. Auf

dieser Konstruktion sitzt Lucy jetzt, als die Schwester zischt: „Aufstehen!"
„Ja, wie reden Sie denn mit mir? Das ertrag ich nicht, gehen Sie, gehen Sie schon!"
Schwester Heta zögert nicht einen Augenblick, öffnet die Wohnungstür und schlägt sie – von innen – wieder zu. In der Annahme, die Schwester habe das Appartement verlassen, flucht Tante Lucy, als sei sie allein. Schwester Heta, immerhin erstaunt, was für ein deftiger Wortschatz ihrer Patientin zur Verfügung steht, muß einige an Beleidigung grenzende Ausdrücke hören, für die, damit tröstet sie sich, die quengelige Alte in der Hölle werde büßen müssen, „Pißnelke" zum Beispiel oder „Quallenglitsche".
Dann tritt Stille ein. Tante Lucy greift nach den ans Waschbecken gelehnten Krücken – vergeblich. Sie bekommt es mit der Angst zu tun: „Meine Krücken, Schwester, Sie können mich nicht einfach so sitzenlassen!"
Dieser Satz appelliert nun erfolgreich an Schwester Hetas Pflichtgefühl. Sie schlägt die Wohnungstür zum Zeichen ihrer vermeintlichen Rückkehr nochmals zu und betritt das Bad.
Ein erbarmungswürdiger Anblick, wie die geschwollenen Kinderfüße mit den abgewinkelten Zehen an den dünnen Waden baumeln. Doch Schwester Heta bleibt ungerührt. Dir werd ich helfen, denkt sie, sagt aber: „Liebe Frau Kall, baden wir jetzt?"
Tante Lucy rutscht von ihrem Thron in die Arme der Schwester, die sie über den Wannenrand hebt und in die Wanne gleiten läßt.

„Aber nicht zu heiß, Schwester."
„Wie immer, Frau Kall, gell?"
Tante Lucy hat die Angewohnheit, das Badewasser erst laufen zu lassen, wenn sie bereits in der Wanne sitzt. Das Plätschern des Wassers hat auf Tante Lucy die Wirkung von Valium, ihr Gedankenkarussell dreht sich langsamer, sie taucht in eine wohltuende Mattigkeit ein.

Der Weg zum GUCKLOCH, einer einfachen Kneipe mit Mittagstisch, ist für Pette mit den Jahren anstrengender geworden. Seine Beine schmerzen stark, er muß immer öfter stehenbleiben, Luft holen, warten, bis sein Herz nicht mehr allzu heftig schlägt.
Tante Lucy nimmt ihre Mittagsmahlzeit zu Hause ein, zum Beispiel Haferflocken mit Bananenmilch oder Kartoffelbrei mit Grünzeug garniert. Pette braucht was Richtiges, wie er sagt, einmal am Tag.
Sein Stammplatz im GUCKLOCH ist heute wieder frei. Er hat sich noch nicht hingesetzt, als der Kellner schon den Suppenteller über die weiße Resopalplatte seines Tisches schiebt.
Donnerstags läßt sich Pette mehr Zeit als sonst. Lucy wird nicht nur gebadet. Schwester Heta muß ihr auch die Fuß- und Fingernägel schneiden, Augenbrauen und Damenbart zupfen, die Haare in den Achselhöhlen wegschnippeln. Massiert wird Tante Lucy auch und dazu mit einem Öl einbalsamiert, dessen penetranter Geruch Pette niesen läßt.
Bratkartoffeln gibt's heute, mit Kasseler und Rosen-

kohl. Pette trinkt einen Wein dazu, er hätte am liebsten ein weiteres Achtel bestellt, aber dann überlegt er sich's anders. Normalerweise geht er nach dem Essen wieder heim, nimmt einen Schluck aus der Schnapsbar im Briefkasten, ehe er sich im Doppelkäfig wieder dem Gekrächze Tante Lucys stellt. Donnerstags nie. In einer für ihn typischen Entspannungshaltung, die Arme auf dem Rücken verschränkt, strebt Pette dem nahegelegenen Hallenbad zu, wo er im Bistro seinen Kaffee trinkt und die Badenden im Wasser und am Beckenrand beobachtet. Auf den Holzpritschen des Solariums hat eine ganze Körperflotte angelegt.
Pettes Aufmerksamkeit gilt eindeutig dem anderen Geschlecht. Am meisten faszinieren ihn die auf Pritschen ruhenden Kunstsonnenanbeterinnen, deren Positionsänderungen und die damit verbundenen Bewegungsabläufe – vom Bauch auf den Rücken, die Knie hochgestellt oder flachgelegt – er auf sich bezieht.
Pettes Schaulust ist beileibe nicht die eines gewöhnlichen Voyeurs. Was er überprüfen will, ist nicht mehr und nicht weniger als die verbliebene Qualität seiner Potenz, die Beantwortung der recht theoretischen Frage, ob er noch einmal einer Frau – und sie ihm – sinnenfreudig würde näherkommen können. Während er sich dem animierenden Rundblick überläßt, macht sich eine mit Zuversicht erfüllte Heiterkeit in ihm breit. Er meint, Lucys ermüdender Nähe jetzt wieder eher gewachsen zu sein.

Mit steigendem Wasser wird Tante Lucy kurzatmig. Wasser ist für sie zwar ein durch und durch wohltuendes Element – allerdings nur bis zu einer gewissen Höhe. Im Grunde hält sie es für unberechenbar, und die Angst, ihm nochmals, wie einmal in der Kindheit, ausgeliefert zu sein, erfaßt sie jetzt wieder, als es schon bis zu den Achselhöhlen gestiegen ist und Heta nicht kommt.

„Heta", ruft Tante Lucy, „Heta", und ihre Stimme überschlägt sich fast, während die Erinnerung an den Schicksalstag in der städtischen Badeanstalt sie überwältigt. Ein Junge hat sie damals vom Dreimeterbrett gestoßen. Reiner Zufall, daß der Bademeister beobachtet hat, wie sie strampelnd unterging. Unvergeßlich bleibt ihr die Heftigkeit, mit der er die Träger ihres Badeanzugs herunterriß, und die Gewalt, mit der er versuchte, das unfreiwillig geschluckte Wasser aus ihrem Körper zu pumpen. Damals begann sie, spiegelt die Erinnerung ihr vor, körperlicher Berührung auszuweichen.

Als es in ihrer Brust anfing zu kribbeln und sie den Juckreiz herauszureiben suchte, empfand sie diese Selbstberührung mit Widerwillen. In der Zeit, als Mädchenknospe Mädchenblüte trieb, zog sie sich schon zurück: aus der Schule, die sie schwänzte, ins Bett am hellichten Tag. In ihr Zimmer schloß sie sich ein, versteckte sich in der Gartenlaube, floh in eine Traumwelt. Im Keller durchstöberte sie die ausrangierte Garderobe, probierte das Hochzeitskleid ihrer Mutter an, machte vor dem alten, fleckig gewordenen Spiegel des Kleiderschranks Knickse, als übe sie für

einen Debütantinnenball. Das Wachsen ihrer Brust beobachtete sie mit nachhaltigem Widerwillen, als wüchse da ein Schandfleck heran, der die Männerblicke auf sich zöge. Sie nahm den längsten Schal, dessen sie habhaft wurde, und schlang ihn wie eine Sanitätsbandage um ihren Oberkörper in der Hoffnung, die Entwicklung ihrer Brust wenn schon nicht aufhalten, so doch aufschieben zu können.
Es war nur eine Frage der Zeit, bis ihr der Hausarzt eine nervlich bedingte Überempfindlichkeit attestierte, eine Art Kontaktallergie. Sie wurde vom weiteren Besuch der Schule dispensiert.
Immer häufiger streifte sie durch die Stadt. Im Schaukasten des Lichtspieltheaters entdeckte sie auf einem Szenenfoto den Bubikopf der Schauspielerin Pola Negri. Den wollte sie statt der Zöpfe. Die Eltern waren entsetzt. Ein Mädchen mit dem Haarschnitt eines Pagen, eines Laufburschen im Hotel? Nie und nimmer. Als vor der Bäckerei ein Jahrmarkt gastierte, bekam sie für den Rummelbesuch eine stattliche Anzahl silberner Münzen. Doch statt sich auf dem Jahrmarkt zu vergnügen, ging sie zum Friseur und kehrte keß und selbstbewußt mit einem Pagenkopf zurück. Ihren Willen durchzusetzen, das hatte sie früh gelernt.

„Heta", schreit Tante Lucy verzweifelt. Ihr Rücken ruht auf der Wannenschräge, der Kopf unterhalb des Wannenrands, trotzdem liegen die Füße noch weit vom zugestöpselten Abfluß entfernt. Doch die Gefahr abzurutschen besteht kaum. Tante Lucys ausgemergelter

Körper ist auf einen Noppenteppich gebettet, dessen Waffelstruktur genügend Halt gibt.
In der Annahme, Heta räume nebenan Pettes Frühstücksgeschirr ab, werden Tante Lucys Rufe abwechselnd schrill und weinerlich. Das Wasser treibt sie nicht nur in Kindheitsängste zurück, es droht auch das Badezimmer zu überschwemmen. Mit äußerster Kraftanstrengung krallen sich ihre knotig verformten Finger links und rechts um den Wannenrand. Mit unterstützendem Vorwärtsrucken aus den Schultern heraus gelingt es ihr, sich aufzurichten. Aber das Wasser, das Wasser steigt weiter. Und gleich wird es über den Wannenrand schwappen, wenn Schwester Heta nicht vorher kommt. Von einer Gesäßhälfte auf die andere wackelnd, zuckelt sie Zentimeter um Zentimeter dem Abfluß entgegen. Ihre Füße berühren schließlich die Gliederkette mit dem schwarzen Puck und ziehen ihn mit einer kraftvollen Bewegung heraus.
Tante Lucy hat das Wasser wie ein schützendes Kleid empfunden. Jetzt wird ihr Körper Zentimeter um Zentimeter entblößt. Das Wasser ist abgeflossen, hat zu gurgeln aufgehört. Nun bedrückt sie die Stille. Und Tante Lucy flieht in den Schutz ihrer eigenen Umarmung.

Etwas ist an ihm. Ein Geruch. Pette schnuppert zur Schulter links, zur Schulter rechts, die Brust hinab, die Oberarme entlang. Bis ihm bewußt wird, es ist der Geruch, den er ausatmet. Er hat ganz einfach vergessen, sich am Morgen die Zähne zu putzen.

Im Blumenladen, an dem er gerade vorbeikommt, hat Pette früher Rosen oder Nelken für Lucy gekauft, manchmal hat er ihr auch aus dem Feinkostgeschäft nebenan Pralinen mitgebracht, um ihr eine Freude zu machen. Sie liebte Blumen und auch Süßigkeiten. Ihr verhalten klingender Dank – „Das muß wirklich nicht sein", „Laß das doch" – sei Ausdruck einer Verlegenheit, hat er damals gemeint. Doch eines Tages wurde Lucy deutlicher. Er hatte ihr eine besonders schön gewachsene Orchidee mitgebracht, ihre Lieblingsblume, doch sie fauchte ihn an „Ich will das nicht" und warf das prachtvolle Blütenblatt in den Mülleimer.

Damals war ihm, als sei eine Binde von seinen Augen gerissen worden, auf einmal sah er auch den Beginn ihrer gemeinsamen Geschichte in neuem Licht. Nachkriegszeit, Schwarzmarkt, Zigarettenwährung, Tauschmarkt, Mangel überall, da war die Hochzeit wohl ein Stelldichein schöner Verkleidungen gewesen. Sein alter Stresemann hatte Lucys mit Goldfäden durchwirktes Abendkleid zur Frau genommen. Standesamt, Termin beim Fotografen. Die Hochzeitsnacht wurde von Lucy mit dem charmanten Wink, Vorfreude sei die schönste Freude, immer wieder geschickt verschoben, und als er sich nicht mehr vertrösten ließ, legte sie die Regeln fest: Geschlechtsverkehr, igittigitt, falls er das unbedingt brauche, nur mit Voranmeldung, zwei Wochen voraus, damit sie sich seelisch darauf vorbereiten könne.

Gelacht hat Pette damals, er fand es süß, wie Lucy herumkasperte, ist übermütig zu ihr ins Bett gestiegen in der Annahme, sie sei vielleicht goldig beschwipst und werde die Unbefangenheit seiner Annäherung spontan erwidern. Aber außer einem zähen Nahkampf, einer Backpfeife für ihn und dem schneidenden „Raus!“ ist nichts vorgefallen. Nach jener Nacht haben sie die Betten umgestellt, seitdem gibt es einen Gang dazwischen, in dem zeitweilig sogar ein Wandschirm stand, der Lucy vor seinen Blicken schützen sollte.

Pette ist gefährlich weit aus der Wirklichkeit hinausgeraten. Eine Autohupe giftet ihn an, Reifen radieren auf dem Asphalt. Er ist noch einmal davongekommen. Der Fahrer des Wagens schlägt sich mit beiden Händen gegen die Stirn. Pette grüßt zurück, Hand am Hutkrempenfilz, überquert die Fahrbahn, bleibt drüben stehen und schaut dem Auto, dessen Opfer er beinah geworden wäre, kopfschüttelnd nach. Waren Wein und Kaffee heute mittag des Guten zuviel? Pette spürt die Kniegelenke, seine Augen brennen, und die Hände muß er in den Manteltaschen verstecken, sie zittern, niemand soll es sehen.
Vor dem Hauseingang wartet Schwester Heta: „Herr Kall, kommen Sie, kommen Sie, Ihre Frau sitzt in der Wanne.“
„Wenn sie badet, muß sie das doch.“
„Das ist es ja, sie müßte längst fertig sein, aber Sie wissen doch, wie sie ist, das Massageöl, sie nimmt doch nur dieses eine, und das war weg, ich weiß nicht, wo es ist, da bin ich rasch zur Drogerie gegangen und hab in der Aufregung den Wohnungsschlüssel vergessen.“

Schwester Heta macht einen verzweifelten Eindruck – nicht ohne Grund: Im Flur der fünften Etage gibt es einen Auflauf vor dem Kallschen Appartement, in der Mitte der Hausmeister, ein Baum von einem Mann.
„Herr Gosche, was ist?“ fragt Pette ihn.
„Hören Sie nicht, Ihre Frau, hören Sie doch!“
Tante Lucy schreit tatsächlich ergreifend um Hilfe.
„Und jetzt passen Sie auf, Herr Kall!“
Der Hausmeister, dessen Handgriffe schwerfällig wirken, dreht einen der vielen an einem Metallring hängenden Schlüssel im Schloß hin und her, den Blick auf Pette gerichtet. Auch die umherstehenden Hausbewohner beobachten Pettes Reaktion, als sich in das Dreh- und Kratzgeräusch des Schlüssels erfolgreich Tante Lucys Kreischen bohrt: „Neiiin… ich schreie…“
„So geht das hin und her, Herr Kall, könnten nicht Sie mal mit Ihrer Frau reden?“
Pette zieht seinen Schlüssel aus dem Mantel, öffnet, geht hinein, die Schwester dicht hinter ihm. Durch die geschlossene Badezimmertür fragt er: „Lucy?“
„Wo warst du?“ fragt sie zänkisch zurück.
Da schaltet sich Schwester Heta ein: „Frau Kall, alles in Ordnung?“
„Sie sind entlassen, fristlos. Und du bleibst draußen, Pette, wehe du kommst, ich bin nackt.“

# II

„Schließlich ist es deine Tante. Du erbst, nicht ich. Aber wer kümmert sich um sie?“
„Ich weiß…“
„Ich weiß, ich weiß“, äfft Stella ihn nach, „und etwas ändern?“
„Soll ich ihr die Fingernägel schneiden, den Bart zupfen, die Strümpfe waschen?“
„Warum eigentlich nicht?“
„Weil…“
„Weil du ein verwöhnter Pinkel bist.“
„Es reicht.“
„Ach, sieh einer an. Ist es wieder soweit? Jottl erträgt die Wahrheit nicht. Geh doch ins Kino, lenk dich ruhig ab, flüchte dich, wohin du willst, aber ohne mich!“
„Ich hab dir nie etwas vorgemacht, Stella.“
„Deine Ehrlichkeit ist auch so eine Masche, aber mit Löchern, durch die du um so deutlicher zu erkennen bist. Du machst dir etwas vor, Jottl, okay, deine Sache, das Schlimme dabei: du machst auch mir etwas vor.“
„Ach Stella, warum können wir nicht einfach friedlich und ruhig zusammenleben?“
„Ruhig? Du schaust doch herum wie ein Spatz, der sein Nest nicht finden kann. Du behauptest zwar, Zuneigung, Liebe, Verständnis zu suchen, doch gegeben hast du immer nur Sex, unpersönlich, unverbind-

lich. Das Gefühl, ich bin die einzige für dich, nicht irgendein Tauschobjekt, hab ich von dir noch nie bekommen."
„Stella, daß du die einzige bist..."
„...weiß ich im Kopf vielleicht, aber im Bauch, da spür ich nichts. Horch du doch mal in dich hinein, ehrlich, auf das, was der Jottl zum Jottl sagt, der Jottl zu Stella, und was da an Gefühlen, an echten, herauskommt, für dich, für mich, für uns. Komm endlich von deinem Traumschiff, sei..."
Mitten im Satz wendet Stella sich ab, spricht erst weiter, als sie schon geht: „...sei ein Mensch, und rede nicht wie eine Schallplatte, das hab ich nicht verdient."
Stella zieht sich in ihr Zimmer zurück. Jottl klopft. Keine Reaktion. Er drückt die Türklinke herunter. Abgeschlossen.
Noch während der Türgriff zurückschnellt, streift Jottl mit der anderen Hand den Dufflecoat vom Garderobenbügel und verläßt die Wohnung. Vielleicht würde er tatsächlich ins Kino gehen, um sich abzulenken, wenn es nicht schon so spät wäre. Keine Menschen auf der Straße. Vereinzelt dringt Licht zwischen den Lamellen der Fensterrolläden in die Dunkelheit. Aus der Ferne weht der Westwind stechenden Chemiegeruch heran und das Rollen fahrender Güterzüge, dazwischen das Rauschen der Autobahn.
Jottl weiß es insgeheim, Stella kennt ihn besser als er sich selbst, er weicht sich gern aus und damit auch ihr. Doch in Momenten wie diesen gibt er zu, wie er ist, immer schon war, sein ganzes Leben lang. Aber wie schnell das ging! Ist er nicht eben erst aus den kurzen

Hosen in die langen gestiegen? Jahre schrumpfen zu Tagen, Stunden, wenn er in seinem Gedächtnis kramt. Zum Kinofan ist er geworden, weil es ihm im Kino gelungen ist, seiner Kindheit, seinem Elternhaus zu entkommen, stundenweise wenigstens, indem er sich in das bewegtere Leben auf der Leinwand versenkte. Oder aufs Rad, um sich in einer sanften Landschaft auszumalen, wie alles hätte werden können, wenn nicht… Flucht in den Traum, wenn die Wirklichkeit ihn herausfordert oder seiner Vorstellung zuwiderläuft.

Jottl strandet in der BEULE, einem Bistro in dem neugebauten Viertel am Rand der alten Stadt. Die Küche ist um diese Zeit geschlossen, Stunde der Trinker. Der Barkeeper, ein hochaufgeschossener Mann mit schmalem, bleichem Gesicht und großen Augen, fragt: „Ist Ihre Frau krank?“

„Wieso?“

„Sie kommen sonst immer zu zweit.“

„Ach so, nein, nein, meiner Frau geht es gut, sie hat nur keine Lust.“

Er stellt die Karaffe mit dem Rotwein und ein Glas vor Jottl hin.

Vor einiger Zeit ist Stella nachts ins gemeinsame Schlafzimmer zurückgekehrt, kratzte mit den Fingernägeln über das Laken. Er schob seine Hand über die Ritze zwischen den Matratzen, so daß sich ihre Hände fanden, dann die Arme, Beine, bis sie sich endlich umarmt hielten. Da schmeckte er ihre Tränen, den salzigen Kuß. Während sie in der Dunkelheit ihr Taschentuch suchte, rollte er sich an den Außenrand seines Bettes und knipste die Nachttischlampe an.

Sie mußte schon geweint haben, bevor sie gekommen war. Die Haut unter den Augen war eingefallen, dunkel, die Pupillen größer als sonst. Die senkrechte Falte über der Nase hatte sich tiefer eingekerbt und gab ihrem Gesicht einen angestrengten Ausdruck. Er spürte, daß sie eine Wiederannäherung erwartete, auf glaubhaft klingende Worte hoffte, eine Prüfung, die er selten bestanden hat. Wenn doch, wußte er hinterher nie warum. Er traf selten mit seinen Worten ins Schwarze. Dann allerdings wurde er belohnt. Mit Zärtlichkeiten, die er auch erwidern konnte. Während er sonst gehemmter war, Berührungen erst vom Kopf genehmigen ließ, ehe er sie umzusetzen vermochte. War es vielleicht dieses Abwarten, das Stella denken ließ, er liebte sie nicht?

Eine vertraute Spontaneität stellte sich immer wieder zwischen ihnen ein, auch wenn Tage vergingen, selbst ein, zwei Wochen. In der Zwischenzeit litten sie, jeder für sich. Kein Gespräch, das eine Brücke zueinander gebaut hätte. Da ist jeder in Gedanken schon fortgegangen oder hat sich vorgestellt, der andere gehe fort und komme nicht zurück. Im Innersten jedoch verband sie ein starkes Zusammengehörigkeitsgefühl, das mächtiger war als jeder Trennungstrieb.

Am gegenüberliegenden Tresen der Bar sitzen zwei Frauen, jünger als er. Sie wollen offensichtlich beachtet werden, stecken die Köpfe zusammen, tuscheln auffällig und schielen zu Jottl hinüber. Sie haben sich wie Geschwister zurechtgemacht: rotes Haar, puderstumpfes Gesicht, dunkler Lidschatten, scharf konturierte Lippen.

Hätte Stella gesehen, wie er ins Blickfeld der beiden zu gelangen suchte... Als ob sie neben ihm säße, hört er ihren Satz: „Ich teile alles, Jottl, nur nicht mich selbst." Jottl gurgelt den Rest des Weins in einem Schluck hinunter. Zu Hause fällt er in einen an Bewußtlosigkeit grenzenden Schlaf. Die Erinnerung am Morgen fällt lückenhaft aus, dunkel der Rückweg von der Kneipe, das Betreten des Hauses, der Wohnung. Immerhin muß er in den Schlafanzug hineingelangt sein. Aber die Kleidungsstücke... Schuhe, Socken, Hose, Hemd? Barfuß, leise, um Stella nicht zu stören, sucht er die Sachen – ergebnislos. Der Blick in Stellas Zimmer, durch das Schlüsselloch, zeigt die Bettcouch, Rückenlehne rechtwinklig hoch. Er geht hinein. Auf dem rechten Armlehnpolster der Couch sieht er seine Kleidungsstücke ordentlich hingelegt. Er muß sich also in Stellas Zimmer ausgezogen haben. Von Stella keine Spur. In der ganzen Wohnung nicht.

Tante Lucy liegt auf dem Rücken, hat sich bis zum Kinn zugedeckt und flattert mit den Augenlidern, als wären es Schmetterlingsflügel. Die Arme liegen entblößt auf der Bettdecke. Ein spärliches, kaum Lust verheißendes Signal, das jedoch Pettes Aufmerksamkeit herausfordert. Das weiß sie. Sie ist immer höchst zufrieden, wenn sie ihn in flagranti taktloser Lüsternheit überführen kann.
Pette ist wach und streichelt Lucys nackte Arme mit seinen Blicken. Das spürt sie und ruft giftig, ohne aufzuschauen, zum anderen Bett hinüber: „Pette, laß

das, du bist längst wach, steh doch gefälligst auf!“ Pettes Antwort ähnelt dem Grunzen eines Wildschweins. Er richtet sich auf und streckt die Arme von sich. Dann schwenkt er beide Beine schwerfällig über die Bettkante auf den schmalen Vorleger. Unsicher wackelt er unter dem Rundbogen durch ins Bad, wo er auffallend laut zu singen beginnt. Hätte er die Töne besser getroffen, wäre vielleicht der Badenweiler Marsch herausgekommen.

Lucy hält sich die Ohren zu und verzieht das Gesicht. Ihm zuzuhören tut ihr weh. Daß es soweit kommen mußte! Wie fremd ihr Pette geworden ist. Sie könnte ihn manchmal umbringen. Damals in Berlin, am Bahnhof Zoo, als sie ihm regelmäßig an der Straßenbahnhaltestelle begegnete, war ihr Pette auch fremd gewesen, aber einladend, verführerisch. Selbst als sie mitbekam, daß er ihr kaum ins Gesicht sah – die Beine hatten es ihm angetan, dieser bestimmte Schwung der Waden, der, das wußte sie, den Männern den Kopf verdrehte –, fühlte sie sich nicht abgestoßen. Seine offensichtliche Schüchternheit gefiel ihr, und sie hoffte jeden Tag, daß er es schaffen würde, sie anzusprechen, bevor seine Straßenbahn kam, doch dann stand er sich wieder selbst im Weg. Schließlich verlor sie die Geduld, übernahm seine Rolle und sprach ihn einfach an. Geredet hat er schon damals nicht viel, aber es paßte zu ihm. Daß sich seine Zurückhaltung einmal zur sturen Stummheit auswachsen könnte – nie wäre sie auf diesen Gedanken gekommen. Wenn sie sich heute erinnert, sieht sie auch nicht mehr sein bübisches Blinzeln, vielmehr steht ein stummer Kleiderständer vor ihr, auf dem der maßgeschneiderte Kamelhaarmantel hängt, den er so gerne getragen hat, und Pettes Gesicht, damals so liebenswert, ist zum starren Ausdruck einer Schaufensterpuppe gefroren. Und hat er sich nicht verraten, als er einmal zugab, wären ihre klassischen Beine nicht gewesen, er hätte sie überhaupt nicht bemerkt? Lange, zu lange hat es gedauert, bis sie sich eingestand, in Äußerlichkeiten vernarrt gewesen zu sein, und als die Anziehung zwischen ihnen deutlich abgenommen hatte, wurde ihr bewußt: mit Pette hat sie ihr Los gezogen, aber das falsche, und sie würde damit fertig werden müssen.

Lucy schlägt die Decke zurück und ist schneller aus dem Bett als sonst. Bis zum Hocker vor dem Frisierspiegel schafft sie es heute ohne Stock. Sie nutzt die Zeit seiner Abwesenheit im Bad, um ihr Gesicht jenen subtilen Mißhandlungen auszusetzen, die als Schönheitspflege bezeichnet werden: Talgabsonderungen aus den Poren drücken, Fettpölsterchen quetschen, die Haut klopfen, mit einem in Gesichtswasser getunkten Wattebausch säubern, trocknen, pudern, Antifältchencreme um die Augen auftragen, Feuchtigkeitscreme auf das gegen Glättungsabsichten resistente Terrain unterhalb des Schlüsselbeins…

Später, am Frühstückstisch, trennt sie die Tageszeitung voneinander. Lucy sieht von Pette nur je vier Finger, die das auseinandergefaltete, aufgerichtete Doppelblatt an den Außenrändern halten.

„Pette?“ Er läßt tatsächlich die Zeitung sinken und schaut aus kleinen, müden Augen über die halben Gläser der Lesebrille zu ihr.

„Pette, du bist ja ohne Krawatte und unrasiert, was machst du so lange im Bad, fühlst du dich nicht wohl? Aufgestanden bist du auch erst spät."
Pette richtet die Zeitung wieder als Trennwand auf.
„Warum sprechen wir nicht miteinander, Pette?"
„Wir haben noch nie miteinander gesprochen, bestenfalls gegeneinander."
„Aber das geht doch nicht, nach einer langen Nacht, da spricht man doch."
„Ich hab nichts Neues erlebt."
„Du bist ekelhaft, ich hab kaum ein Auge zugemacht."
„Dann geh doch wieder ins Bett."
„Jetzt reicht es aber, du wirst dich noch wundern, ich geh nämlich zum Arzt."
Pette blickt nochmals, jetzt erstaunt, über den Zeitungsrand, um sich zu vergewissern, daß ihre Ankündigung nicht einer jener Blitzeinfälle ist, mit denen sie ihn zuweilen herauszufordern sucht. Erleichtert stellt er fest, daß sie sich für den Auftritt beim Arzt herausgeputzt hat. Seine Morgenandacht, das Zeitunglesen, scheint gerettet. Falls sie tatsächlich ginge, müßte er die Zeitungslektüre nicht bis zur Mittagspause im Restaurant verschieben und könnte sich nach dem Essen sogar die Haare schneiden lassen, nötig wäre es nicht, aber es täte ihm gut, wenn die Friseuse seine Kopfhaut massierte. Danach wäre er immer noch zeitig genug daheim, vor Lucy, und müßte sich ihren lästigen Fragen nicht stellen. Ob er eine Freundin habe, wurde er regelmäßig gefragt. „Klar", antwortete er darauf immer, „hab ich, wir waren in der Kirche und haben gebeichtet, aber ich sag dir nicht was." Dann

war er sie erst einmal los. Tante Lucy eilte auf den Balkon und beugte sich weit über die Brüstung, als wollte sie ihre Bereitschaft zum tödlichen Sturz demonstrieren. Eine Zeitlang folgte er ihr auch, hielt sie von hinten umklammert und schleifte sie vom Balkon. Bis sie eines Tages damit herausplatzte, daß sie lediglich die vorbeifahrenden Käfer zähle, nur die gelben jedoch, um sich abzulenken. Worauf er fragte, wovon sie sich denn ablenken wollte? Von den vielen anderen Farben, meinte sie.

Zwei Leiber kreisen auf dem Zifferblatt einer Kirchenuhr. Sie zeigen die Stunden und Minuten an. Der kleine Zeiger eine Frau, der große ein Mann. Die beiden kommen einander näher. Während die Leiber nach vollendeter Annäherung aufeinanderliegen, spürt der Mann ein wohltuendes Kribbeln, doch es wird von den Schlägen aus dem Turm überlagert. Das hämmernde Pochen vibriert in ihm. Seinen Namen meint er zu hören. Wieder das Hämmern. Dann wacht er auf.
„Ja doch, ja doch", stößt er heraus. Auf dieser Matratze ist er schon vor seiner Eheschließung gelegen. In der Mitte hat sich mit der Zeit eine Mulde gebildet, aus der herauszukommen manchmal umständlich ist. Immerhin sitzt er jetzt, hält sich am Nachttisch fest und schaut auf sein Lager hinab, als liege er dort immer noch.
„Ja doch, ja doch."
Pette schleppt sich zur Wohnungstür und öffnet. Zwei Polizisten stehen draußen.

„Herr Kall? Haben Sie geschlafen? Wir haben lange geklopft, haben Sie uns nicht gehört?"
„Nein."
„Ihre Frau läßt Sie polizeilich suchen."
„Versteh ich nicht."
„Ihre Frau, Herr Kall, liegt in der städtischen Klinik."
„Nicht daß ich wüßte."
„Dürfen wir eintreten? Sie sind doch Herr Kall?"
„Ja."
„Zeigen Sie uns bitte Ihren Personalausweis?"
Pette schlurft in den Wohnteil des Appartements und kehrt mit einer alten Kassette zurück, deren grüne Farbe stellenweise abgeblättert ist. Er öffnet den kleinen Tresor, in dem sich von Ansichtskarten und Kuverts gerissene Briefmarken stapeln. Zwischen den bunten Schnipseln findet er den Ausweis, einen fleckigen, an den Rändern ausgefransten Lappen, der nur deshalb nicht noch abstoßender wirkt, weil die Ursprungsfarbe Grau, wenn auch speckig geworden, erhalten geblieben ist. Mit spitzen Fingern klappt einer der beiden Beamten das Dokument auf, während der andere, die Arme auf dem Rücken, laut liest: „Kall? Vorname Pette?"
„Wer sonst?"
„Geboren am 13. Mai 1908?"
„Soll ich das wiederholen?"
„Herr Kall, wir machen Sie darauf aufmerksam, daß Ihr Ausweis ungültig ist, Sie haben ihn vor elf Jahren nicht verlängern lassen, das ist strafbar, wissen Sie das nicht?"

„Nee."
„Sie sind krank?"
„Sonst hab ich nichts."
„Ihre Frau hat sich Sorgen gemacht, hat Sie angerufen, aber Ihr Telefon wurde nicht abgenommen."
„Ich war zum Essen, beim Friseur, dann hab ich mich hingelegt."
„Und Sie haben nicht gewußt, daß Ihre Frau in der Klinik liegt?"
„Zum Arzt wollte sie."
„Hier, Ihr Ausweis, Herr Kall, und denken Sie daran, ihn verlängern zu lassen."
Die Polizisten gehen durch den langen Etagenflur in Richtung Treppenhaus. Pette schaut ihnen nach und ruft hinterher: „In einer Demokratie wird man sich doch noch strafbar machen dürfen!"

Etliche Briefe waren zwischen ihnen hin und her gegangen, anfangs von Ort zu Ort, später, als sie zusammenzogen, von Zimmer zu Zimmer. Er sammelte ihre Briefe, hütete sie wie einen Schatz, weil Stella sich analytischer mit ihm beschäftigte, als es ihm selbst je gelungen war. Zu Ansichten und Einsichten gelangte sie in ihren Briefen, die ihm sein Spiegelbild zeigten, aber nicht eins, das er selbst gern gesehen hätte. Zwar ließ Stella immer wieder durchblicken, sie habe keine Lust mehr, seine Analytikerin zu spielen, dann jedoch brachte sie wieder auf den Punkt, woran ihre Partnerschaft litt: an ihm. Sein Verhalten unterliege nicht nur täglichen Schwankungen, einer „infantilen Launenhaftigkeit", sondern zeitweilig auch einem Vertrauensschwund ihr gegenüber, so daß er für sie manchmal schon „über Nacht ein Fremder" geworden sei. Daher komme es zu diesen Einbrüchen, und es sei lediglich eine Frage der Zeit, wann ihre „an Umständlichkeiten und Ausweichmanövern krankende Beziehung" enden werde.

Jottl vermag nicht zu sagen, wie weit Stellas Kritik mit den Jahren in ihn eingedrungen ist, wie weit sie ihn beeinflußt hat. Er hätte sich gern geändert, ihr zuliebe. Sie verlieren zu müssen, dieser Gedanke schwebt, besonders wenn sein Selbstwertgefühl angeschlagen ist, bedrohlich über ihm. Natürlich auch, wenn es zwischen ihnen kriselt. Daß sie sich dann, bisher jedenfalls, wieder näherkamen, ließ ihn dieses Auf und Ab vergessen, besser gesagt verdrängen. Und nicht nur das. Mit der Zeit entwickelte sich ein schützender Abwehrstoff in ihm, der ihn gegen Stellas Kritik widerstandsfähiger machte und eine Distanz zwischen ihnen erzeugte, die ihn befähigte, auch sie kritischer zu sehen als zuvor. Er schrieb es ihr nicht. Sprach es auch nicht aus. Er dachte lediglich, so falsch könne seine Einschätzung nicht sein, Stella mache ihn kleiner, schwächer, egoistischer, um sich selbst stärker, uneigennütziger, eigenständiger zu sehen, als sie in Wirklichkeit ist. Mit dieser Einstellung kommt er nicht nur mit Stella besser zurecht, sondern, irgendwie befreit, auch mit sich selbst.

Daß ihre Äußerungen ihn zuweilen treffen und Wunden schlagen, von denen er sich erholen muß, wie Stella von seiner Gegenwehr sicherlich auch, nimmt

er in der Zwischenzeit gelassener hin. Die euphorisierenden Hochs, die deprimierenden Tiefs zwischen ihnen, die phasenhaft wechseln, erzeugen sie ja selbst, das sind sie oder sind es geworden, und mittlerweile, denkt er, entspricht sich jeder ebenso selbst dabei wie dem anderen auch.
Daß Stella ohne ein Wort gegangen ist, zum ersten Mal – ist das ein neuer Tiefpunkt ihrer Beziehungen? Vorübergehend? Endgültig? Jottl drückt sich davor, Stellas Verschwinden als möglichen Abschied zu interpretieren. Er liest nochmals einen ihrer Briefe und flüchtet in die Vorstellung, der Brief sei nicht alt, sondern eben erst angekommen:

Lieber Jottl, Du bist so weit weg, ich hasse diese Verabredungen von Mal zu Mal, während die Sehnsucht mich dazwischen zermürbt. Geht es Dir ähnlich? Auch unsere Telefongespräche, ich hab Angst anzurufen, Deine Stimme kommt so fremd hier an, als ob Du ein anderer geworden wärst, seitdem wir uns zuletzt gesehen haben. Was macht er, denke ich dann, wo geht er hin? Wenn es uns wirklich ernst ist, sollte bald ein Dach über uns sein, ein gemeinsames, Jottl, sonst, fürchte ich, geht es nicht gut mit uns …

Stellas Kosmetikkoffer ist weg und auch ihre große Ledertasche. Aber das Auto hat sie ihm gelassen, die Fahrzeugpapiere auf dem Eßtisch deponiert. Ist sie mit der Bahn verreist?
Er fühlt sich verlassen, ohne sie kommt er schlechter zurecht, als er gedacht hat. Keine Spur von befreien-

dem Aufatmen, eher leichte Angst, die ihm den Bauch zusammenzieht. Und Zerstreutheit, das vor allem. Er beschließt, das Auto heute stehenzulassen, weil er daran zweifelt, im Straßenverkehr rasch und sicher reagieren zu können.

Ihre Nachbarin sitzt im Bett und blättert in einer Illustrierten, aggressiv hört es sich an, wie sie mit rascher Gleichmäßigkeit Seite für Seite umschlägt.
„Na, hören Sie mal“, entfährt es Tante Lucy, „jetzt ist aber Schluß, immer wenn ich einschlafen will, fangen Sie damit an.“
Die Patientin läßt die Illustrierte seitwärts auf den Boden segeln, schlägt die Bettdecke zurück und steht auf. Sie hat nur Unterwäsche an.
„Wie sehen Sie denn aus? Dabei haben Sie so schönes Haar, wie ich früher, aber Ihr Geschmack, hören Sie, schwarze Wäsche müssen Sie tragen zu der weißen Haut und dem blonden Haar. Was meinen Sie, wie die Männer dann Augen machen. Und essen müssen Sie, das geht doch nicht, überall Rippen, ein Schlüsselbein wie ein Hundeknochen, und Waden brauchen Sie, mein Gott...“
Mit geistesabwesendem Gesichtsausdruck, ohne Tante Lucy auch nur eines Blickes zu würdigen, geht die Nachbarin langsam, unsicher am Fußende der beiden Betten entlang. Tante Lucy ist irritiert, sie ist immer irritiert, wenn jemand schweigt.
„Schwester“, ruft sie, und ihre Stimme überschlägt sich fast, „Hilfe, Schwester!“

Während die Patientin aus dem anderen Bett im Bad verschwindet, kommt die Schwester herein.
„Frau Kall, Sie haben eine Klingel, was ist denn?“
„Schwester, ich kann nicht mehr, die da“, und sie blickt hinüber zum Nachbarbett, „die bringt mich noch um.“
„Ihre Nachbarin ist doch gar nicht da, beruhigen Sie sich jetzt, wir müssen ohnehin zum Arzt.“
Die Schwester greift ihr unter die Arme und hilft ihr aus dem Bett.
„Die Krücken?“
„Aber Schwester, zum Herrn Doktor doch nicht ... aber kämmen müssen Sie mich noch.“
Ein Affentheater, diese Station, denkt die Schwester und sagt betont ruhig: „Wir müssen jetzt los, Frau Kall.“ Sie nimmt die Bürste aus Tante Lucys Hand und legt sie auf die Konsole über dem Doppelwaschbecken zurück.
Die Schwestern sprechen gelegentlich vom Ersatzheiland, wenn sie den Stationsarzt meinen. Wie aus einer anderen Welt schaut er die Patienten an, und sogar Tante Lucy reagiert erstaunlich zahm. Die Hände im Schoß gefaltet, sitzt sie dem Arzt gegenüber und beantwortet bereitwillig seine leisen Fragen, erstaunt über das Interesse an ihrer Vergangenheit, bis in die mehr als siebzig Jahre zurückliegende Kindheit hinein. Noch nie hat sie jemand so befragt. Auch Pette nicht. Der schon gar nicht. Aber sie muß sich auch eingestehen, daß sie nie zuvor einen Menschen so in sich hat hineinschauen lassen, einen fremden noch dazu. Und Antworten kommen aus ihr heraus, die sie selbst überraschen. Haben nur die entsprechenden Fragen gefehlt?

„Wenn das alles so gewesen sein soll, wie Sie sagen, daß ich meinen Papa vergöttert habe und kein Mann kam gegen ihn an ... über Pette laß ich trotzdem nichts kommen."

„Warum denn auch? Nach allem, was Sie erzählt haben, ist er im Grunde ein rücksichtsvoller Mensch. Daß Sie reden und er manchmal nicht zuhört, besagt nicht allzuviel. Die Rückkehr nach Hause wird Ihnen leichter fallen, als Sie denken."

„Herr Doktor, jetzt werden Sie aber ungerecht, Rückkehr, sagen Sie? Nie hab ich meinen Mann verlassen, im Gegenteil, sein Verständnis hab ich gesucht, immer, immer. Und bekommen hab ich Einsamkeit. Pette, der ist doch wie ein Fisch, der glotzt und schweigt, und ich, ich bin wie ein Vogel, ständig um ihn herum, aber er, er schaut vorbei an mir, als sei ich gar nicht da. Er im Wasser, ich in der Luft."

„Ihren Vater, Frau Kall, diesen großen Teddybären, wie Sie sagen, den gibt es nicht mehr. Ihre Kindheit steht zwischen Ihnen und Ihrem Mann, eine dünne Trennwand, die Sie auch zur Seite schieben können, wenn Sie nur wollen, es liegt an Ihnen."

Tante Lucy verschluckt sich und kämpft gegen einen Hustenanfall. Dr. Blumkaß drückt eine Taste seines Sprechapparats und ruft nach einem Pfleger. Als er erscheint und Tante Lucy zusammen mit dem Stuhl, auf dem sie sitzt, hochheben will, herrscht sie ihn an: „Loslassen, sofort, weg da, weg!"

Dr. Blumkaß flüstert dem Pfleger etwas zu. Der nickt und verläßt das Sprechzimmer.

„Dieser Pfleger, Herr Doktor, wie er mich umarmen wollte, haben Sie das gesehen?“
„Frau Kall, beruhigen Sie sich!“
Der Arzt krault den weichen Bart unter seinem Kinn und schaut Tante Lucy an, als wolle er sie hypnotisieren.
„Herr Doktor, wie ein Lausbub sehen Sie jetzt aus, das darf ich doch sagen, oder? Schließlich könnte ich Ihre Oma sein, leider, leider hab ich keine Kinder gehabt, und der Papagei, den Pette mir geschenkt hat…“ Sie lacht auf: „…immerhin, immerhin, mein Vogel hört mir zu. Hören Sie mir eigentlich zu, Herr Doktor?“
„Aber Frau Kall…“
„Sie sahen eben so geistesabwesend aus. Wie gesagt, der Papagei hört zu, leider ohne zu antworten.“
Aus Tante Lucys Augenwinkeln löst sich eine Träne, dann noch eine. Dr. Blumkaß wittert seine Chance. Er zieht sie behutsam vom Stuhl: „So, Frau Kall, lassen Sie uns jetzt ein paar Schritte gehen.“
Sie hakt sich bei ihm ein, schaut an ihm hoch und sucht seinen Blick. Sie geht widerspruchslos mit, legt sich ins Bett. Als der Arzt sich mit der Spritze nähert, schließt sie die Augen und wartet ergeben auf den kleinen Schmerz, den der Stich verursacht.

Stella hat ihn nicht nur verlassen, sie hat auch sein Selbstwertgefühl mitgenommen. Ein spürbarer Verlust. Unruhe treibt ihn umher. Die Zimmertüren stehen offen. Sein Rundlauf durch die Wohnung beruhigt ihn

nicht. Er fühlt sich eingeengt, er muß raus, irgendwohin mit dem Rad.
Als er das Treppenhaus hinuntergehen will, schießt der Nachwuchs einer kinderreichen Familie aus dem Haus. Um niemandem begegnen zu müssen, zieht Jottl sich wieder in sein Reich zurück. Auf Ruhe im Treppenhaus wartend, geht er an seiner kleinen Videothek entlang, als sein Blick an einem Titel hängenbleibt.
Jottl ist für die Beschriftungen im Haushalt verantwortlich, gleichgültig ob auf Marmeladegläsern, Gewürzbehältern oder eben auf Videokassetten. Aus Gründen der Lesbarkeit schreibt er in großen Druckbuchstaben. Die Kassette, die ihm auffällt, hat Stella beschriftet, HIMMEL UND ERDE BEGEGNEN SICH liest er und schiebt sie neugierig in den Videorecorder: Ein Zug fährt durch ein verebbendes Wattenmeer. Schnitt: Im Morgenlicht, unter blauem Himmel, eine Steilküste aus ockergelb bis rostrot geschichtetem Sand; Morsum Kliff. Makrotele: Austernfischer picken Würmer aus dem Schlick, zwei Brandgänse, sie wirken wie ausgestopft, ein Möwenschwarm, als komme er aus einem Hitchcockfilm. Schnitt: Luftbild der Wanderdünen, Surfer im Westwind kreuzend, Kolibris. Schnitt: Brandung, Schaumkronen, Gischtzungen im Sand. Schnitt, Tele: Rückenansicht eines Pärchens Hand in Hand auf dem hartgewordenen Sand, beide nackt, er trägt einen dunkelblauen Rucksack. Wie auf Kommando bleiben sie stehen, wenden sich den Dünen zu, sein Wohlstandsbäuchlein im Bild … ein Anblick, den er kaum erträgt. Jottl schließt vorsichtshalber die Augen. Jetzt Stella, ihre nachgiebiger gewordenen Körperpartien.

Beachball spielen sie dann. Jottl erinnert sich daran. Aber wer hat sie gefilmt? Der Hartgummiball fliegt ein paarmal gezielt hin und her, ehe er fällt und liegenbleibt. Sie laufen zur Absturzstelle, jeder bestrebt, schneller als der andere zu sein, lauthals gelacht müssen sie haben, so sehen ihre Gesichter aus, als sie sich über dem Ball in die Arme fallen. Ende des Streifens. Auf der Kassette entdeckt Jottl ein kleines Selbstklebeetikett mit der Adresse eines Fotoladens auf Sylt. Sollte Stella diese Collage in Auftrag gegeben haben? Stella, die alles andere als freizügig ist?

Lucy liebt den Blick auf das im wilhelminischen Prunk- und Schnörkelstil erbaute Staatstheater, stellenweise von den mächtigen Kronen alter Platanen verdeckt. Daneben sieht man auf die Grünfläche zwischen dem Spielcasino, der langgestreckten Wandelhalle und dem Säulengang des Theaters im Westen. Mittelpunkt der grünen Oase ist ein runder, in Stein gefaßter Brunnen, dessen Fontänen Tag und Nacht angestrahlt werden. Buntes Blühen ringsherum, Kugelbüsche, Ziersträucher, artifiziell wachsendes Geäst. Am Rand der Wege Parkbänke, selten, daß dort jemand sitzt, höchstens einer der noch gehfähigen Bewohner des nahegelegenen Altenheims.
Direkt unter dem Balkon verläuft die Hauptverkehrsader der City, eine endlose Gliederkette schleichender Automobile, die sich bandwurmähnlich bewegt: Fahren die vorderen Glieder, stehen die hinteren noch oder umgekehrt. Fußgänger kommen schneller voran.

Wie ein Karnevalsumzug erscheinen Pette die Menschen da unten jedes Mal, wie sie die Köpfe nach links oder rechts zu den exklusivsten Auslagen der Stadt drehen.
Auch Lucy geriet ja in diesen Citysog, damals, als die Krankheit ihren Unruhegeist nolens volens bändigte, die glitzernde Vergangenheit als Tänzerin zur Erinnerung werden ließ. Hier, nur hier werde sie künftig leben wollen, über dem durch die Nächte flackernden Reklamelicht, in unmittelbarer Nähe der modischen Boulevardeleganz, die sie für Lebenskultur gehalten hat.
Pette hätte lieber auf dem Land gelebt, unter alten Bäumen, mit Blick ins Freie. Lucy zuliebe hat er damals klein beigegeben, weil er einsah, daß sie ein neues Betätigungsfeld brauchte, das sie sich auch rasch eroberte: Mit erstaunlicher Fingerfertigkeit gelangen ihr solide Handarbeiten, gehäkelte Deckchen, gestrickte Handschuhe, aus Filz genähte Kappen und Hüte, Brillenetuis aus weichem Leder, Schnickschnack eben für ein übersättigtes Publikum. Was Lucy machen würde, wenn auch die Finger sich eines Tages verfeinerter Handarbeit verweigerten, hatte er sich damals gefragt. Ihr zunehmend von Schmerz gequälter Gesichtsausdruck verriet, daß das nicht ewig so weitergehen würde. Daß er, ausgerechnet er, Opfer ihres erneut blockierten Bewegungsdranges werden sollte, hätte er nicht im Traum gedacht. Ihre Neuorientierung begann ja auch unauffällig, behutsam, indem sie häufiger mit ihm sprach. Seine Nähe suche sie, hatte er gedacht, bis er begriff, daß sie ein neues Ventil für

den unterdrückten Unruhegeist suchte und es auch fand: ihr Mundwerk. Sie forderte ständig seine Aufmerksamkeit, aber nicht nur zuhören sollte er, nein, auch antworten auf diese Beiläufigkeiten, die sie immerzu artikulierte. Der Schweigsame und die Quatsche, das konnte beim besten Willen nicht besser gehen, als es ging.

Was anders war ihm geblieben als der Rückzug in die Stummheit als Selbstschutz gegen den Dauerbeschuß mit Lucys Monologen? Überhaupt kein Gefühl für Wortleergut schien sie zu haben. Er flüchtete sich in den Schlaf, behalf sich mit Meditationsübungen, um sich zu entspannen.

Seit Lucy fort ist, in dieser merkwürdigen Klinik, ist etwas anders geworden. Ihr Gequietsche und Gequatsche ist ihm immer lästig gewesen, aber plötzlich ist da gar nichts mehr, was ihn an- oder aufregen könnte. Nicht nur, daß er seine Frau vermißt, nein, schlimmer, die Wohnung verwandelt sich in ein Vakuum, es kommt ihm vor, als ob es keinen Luftwiderstand mehr gäbe. Er verliert die Kontrolle über seinen Körper, ist dessen Reaktionen ausgeliefert, dem Schlottern des Arms, der Knie, der Hand, wie vor Jahren, bevor Pillen und Kapseln den Hampelmann in ihm ruhigstellten. Das in sieben Fächer eingeteilte Klarsichtschächtelchen, eines für jeden Tag, liegt immer noch dort, wo es lag, als Tante Lucy zum Arzt gegangen ist. Weiße und grüne, in der Mitte gekerbte Tabletten, Kapseln, die eine Hälfte rot, die andere blau oder durchsichtig grün, liegen darin. Er nimmt aus jedem Fach das Tagespensum und spült das Sammelsurium mit Wasser hinunter. Erstaunlich, um wieviel besser es ihm gleich anschließend geht. Hat er nicht immer gesagt, die Medikamente seien reine Placebos, gesund werden, das müsse schon jeder selbst?

Pette fühlt sich stark. Er fährt mit dem Lift in die Tiefgarage, wo in dem weißbegrenzten Rechteck mit der Nummer 68 sein Käfer steht, ursprünglich strahlend gelb, inzwischen staubgrau, weil Lucy ihm absolutes Fahrverbot erteilt hat.

Pette kann nicht widerstehen, ein Herz in die Staubschicht auf dem Wagendach zu malen, das nun gelb leuchtet und ihn übermütig werden läßt. Sein Versuch, die Wagentür auf der Fahrerseite mit dem Schlüssel zu öffnen, erweist sich als überflüssig, das Fenster wurde eingeschlagen, der Fahrersitz ist voll von Scherben.

Pette hat den Lodenmantel angezogen, weil ihn außerhalb der Wohnung fröstelt, auch im Sommer. Er streift ihn ab und bugsiert das Kleidungsstück auf den Fahrersitz, als Schutz gegen die Splitter. Während er sich hineinzwängt, krallt sich seine linke Hand um die Kante des Wagendachs, damit sein Körper sanft zum Sitzen kommt.

Das Zerschlagen des schwenkbaren Seitenfensters läßt ihn ahnen, daß weitere Überraschungen seiner harren. Und tatsächlich: An der Stelle des Radios klafft der für den Einbau des Geräts vorgesehene Ausschnitt im Armaturenbrett. An den Schlitz für das Zündschloß tastet sich Pette mit den Fingern heran, der Drehung des Schlüssels folgt jedoch nur ein mechanisches Geräusch, der Motor springt nicht an.

„Mist, Dreck“, maunzt Pette vor sich hin, als er zwischen den abgestellten Autos Abram Bechstein tänzelnd näherkommen sieht. Er summt auch noch dazu! Pette schüttelt verständnislos den Kopf, bewundert aber gleichzeitig diesen Angeber. Dann bleibt Bechstein unvermittelt stehen, klatscht in die Hände und öffnet die Arme. Hallende Schritte nähern sich. Pette zieht die Wagentür behutsam ins Schloß und rutscht etwas tiefer auf seinem Sitz. So kann er sehen, ohne selbst gesehen zu werden. Da läuft tatsächlich jemand auf Bechstein zu, in einem langen, weiten, bunten Flattergewand, eine junge Frau, der Pette schon begegnet ist. Sie wohnt auf der gleichen Etage, nur wenige Appartements entfernt, Krystyna Lukic. Ihre Arme sind jetzt um Bechsteins Nacken verschränkt, ihr Körper hängt, leicht auswärts gebogen, an ihm, während er sich wie ein schwerfälliger Kreisel zu drehen beginnt. Pette hat ihn längst als alten Knacker abgetan, dessen Vitalität reines Geflunker ist, weil seine Augen so müde wirken, als machten sie demnächst dicht, für immer.
Pette traut sich selbst noch allerhand zu, nun ja, wenn er es nur stark genug wollen würde, mit dieser Lukic zum Beispiel, das hätte er sich schon vorstellen können, aber Lucy zuliebe will er eben nicht, während dieser Bechstein nicht einmal jemand hat, dem zuliebe er verzichten könnte. Schon die Aufmachung – das weiße Stecktuch, die farbenfrohe Krawatte – macht Pette mißtrauisch, er verdächtigt ihn, sich als jemand auszugeben, der er nicht ist, Juwelier angeblich, ein Experte, was Perlen angeht, da kann er nur lachen. Aus Amsterdam soll er gekommen sein, sagen die

einen, aus Bialystok die anderen. Pette erträgt nicht, wie Bechstein von einer Frau geküßt wird, für deren freundlichen Blick im Treppenhaus, besser noch im Lift, er gern einen vorübergehenden Herzstillstand in Kauf nehmen würde.

Er dreht die Rückenlehne des Autositzes in Schlafschräge und lehnt sich zurück. Erst als zwei Autotüren zuschlagen und er das Anspringen des Motors hört und die stechenden Abgase riecht, richtet er sich wieder auf und probiert sämtliche Druck-, Zug-, Dreh- und Kippschalter am Armaturenbrett durch. Lang ist's her, daß der gelbe Käfer an einer Tankstelle mit der Zapfsäule zusammengestoßen ist. Kein Personenschaden, aber den Führerschein war er los, nicht aufgrund polizeilicher Verfügung, nein, Tante Lucy versteckte ihn. Ihr zuliebe hat er nur schwach protestiert. Hauptsache, das Auto war bald wieder tipptopp, behielt seinen Platz in der Tiefgarage, zwar abgemeldet, aber fahrbereit.

Pette quält sich aus der Kuhle des Fahrersitzes hoch, nur langsam kommt er aus dem Wagen. Von außen beugt er sich unter das Armaturenbrett, um die Motorhaube zu öffnen. Er schlurft zur Heckklappe, doch dort blickt er in ein dunkles Loch, ein schwarzes Nichts. Auch der Strahl seiner Taschenlampe bringt den Motorblock nicht ans Licht. Sinnestäuschung? Diebstahl? Pette reicht es. Sein Spielzeugauto ist kaputt, die Lukic in den Armen Bechsteins und Lucy in einer Klinik untergetaucht.

Gas hat er geben wollen, nach Herzenslust, um beim Singen des Motors jene Stimmen zu vernehmen, denen er dann selbst Worte geben könnte. In einem Anfall zielloser Wut verläßt Pette das zerstörte Refugium, seinen Käfer. Oben würde er sich aus der Cognacflasche im Briefkasten einen tüchtigen Schluck genehmigen, ehe er der Werkstatt den Auftrag erteilte, sein Spielzeug fahrtüchtig zu machen.

# III

Daß er den Urlaubsstreifen entdecken werde, daran zweifelt sie nicht. Nein, das Rückenetikett, das sie beschriftet hat, wird ihm auffallen, und um ganz sicher zu gehen, hat sie die Kassette noch ein wenig herausgezogen. Schmunzeln muß sie bei dem Gedanken, er werde sich das Sylter Filmband anschauen und sie beide erkennen, wie sie nackt im Sand Händchen halten, auf der Flucht vor dem Älterwerden, der eindringlich wiederkehrenden Brandung verfallen, deren wohltuender Rhythmus einem die Sprache nimmt und das Denken auch.
Damals wollte sie ihm das Video sofort schenken, dann fehlte ihr plötzlich der Mut. Nie und nimmer hätte Jottl geglaubt, daß der Kameramann weder ihr Liebhaber noch ein Erpresser war, sondern einfach in ihrem Auftrag gefilmt hat. Es sollte ihr ganz persönlicher Beitrag für seine Sammlung von Filmen sein, ihre Liebeserklärung in Bildern an ihn. Dann war der Zeitpunkt verpaßt, Gefühlsüberschwang ging plötzlich nicht mehr.
Was er, nachdem er sich die Urlaubserinnerung angesehen hat, denken wird? Aha, ab nach Sylt ist sie. Eine gewisse Entfernung zu ihm hätte sie schon gebraucht, auch dieses Schlendern an der im Sand versickernden Gischt entlang, den inneren Abstand, der sie ausklinken sollte aus dem Partnerschaftsdoppel und

fragen ließe, wer sie eigentlich sei, ohne ihn, allein mit sich selbst? Der Abstand war auch in seinen Armen dann und wann schon so groß gewesen, daß sie sich zwangsläufig fragen mußte, ob das nun wirklich ihr Jottl sei, der da neben ihr lag, oder ein Fremder, der sich ähnlich gebe?

Sie hätte die lange Fahrt zur Insel nicht gescheut, doch dann kam der Zufall ins Spiel in Gestalt der Nachbarin aus der unteren Wohnung, die sie en passant im Treppenhaus fragte: „Gießen Sie meine Blumen?"

„Ist es wieder soweit?"

„Ja, ja, New York, Kombireise, beruflich und privat!"

„Und wann geht's los?"

„Jetzt gleich, ich warte auf den Zubringerbus."

Einander zugewinkt haben sie sich dann. Begann da gedanklich ihr Rückzieher von Sylt? Entlarvte er ihren Trennungsversuch als Scheinflucht? Wollte sie gar nicht fort, weit fort, sondern auch nach dem Abschied in seiner Nähe sein, neugierig auf das, was er dann treiben würde?

Sie hat Jottl nachgeschaut, bis er um die Straßenecke gebogen ist, hat dann ihr Scheingepäck, den Koffer und die Kosmetikbox, ins Reich der Singlefrau gebracht, in ein Duft- und Pflanzenreich: üppiges Grün im Wintergarten, auf der Dielenkommode ein Museum verschiedenförmiger Parfumflacons, die unterschiedlichsten Düfte ziehen durch die Wohnung, wehen aus den Gardinen, steigen aus den Sesseln.

Aus dem Küchenfenster schauend, meint sie, Jottl bei seiner Heimkehr abpassen zu können. Er bleibt aber aus. Später erscheint ihr Jottl im Traum als eine Figur wie von Chagall, über einem windschiefen Haus. Wach geworden durch die Haustür, die ins Schloß fällt, hört Stella dann einen Rolladen, die Toilettenspülung und ein Klirren, als ob Jottl das Zahnputzglas entglitten und auf den Bodenfliesen zerschellt sei. Das Telefon klingelt in ihren Halbschlaf hinein. Geplärr aus der Parterrewohnung dringt zu ihr. Schüsse aus Spielzeugpistolen und die vergeblich das Kindergeschrei übertönende Stimme der Mutter wecken sie.

Stella erhebt sich von ihrem provisorischen Nachtlager auf dem Berberteppich, hängt sich die Kamelhaardecke über und schleppt sich gähnend in die Küche. Vor dem Fenster baumelt ein Stromkabel, endet auf der Straße im Staubsauger. Nicht schwer zu erraten, woher das Kabel kommt: Jottl hat es in der Wohnung angeschlossen und durch das Fenster hinuntergelassen, um im Auto die Fußmatten zu säubern. Da kommt er auch schon, im Arbeitsdreß. Und sie hat gemeint, die gäbe es gar nicht mehr, die vor Schmutz starrenden Röhrenjeans, den mit weißer Dispersionsfarbe angespritzten Pullover, Klamotten, die Jottl schon hatte, als sie ihn kennenlernte und, soweit sie sich erinnern kann, dann nicht mehr getragen hat.

Als sie Jottl zwischen den Scheibengardinen hindurch beobachtet, tut er ihr irgendwie leid. Am liebsten wäre sie hinuntergegangen, hätte ihm über den Kopf gestrichen und ihm die Sonnenbrille hochgeschoben. Sie ist auf die Nasenspitze gerutscht, und über dem Brillengestell sieht sie Jottls traurigen Blick.

Jottl beginnt den Wagen mit dem Schwamm zu waschen, und sie verfolgt, wie das im Schwamm aus dem

Eimer gehobene Wasser ihm in den Pulloverärmel läuft und auf die Hosen tropft. Da muß sie lachen, aber es rührt sie auch. Stella wendet sich ab, nimmt eine Illustrierte und vertieft sich in ein Kreuzworträtsel. Frühestens wenn zehn Fragen senkrecht und ebenso viele waagrecht beantwortet wären, würde sie wieder aus dem Fenster schauen, in der Hoffnung, Jottl sei dann fertig. Das ist er offensichtlich auch, aber weder ihn kann sie sehen noch das Auto.

Als Stella ein Stockwerk höher vor ihrer Wohnungstür steht und klingelt, wünscht sie sich, Jottl möge ihr öffnen und sie in die Arme nehmen. Doch er ist nicht zu Hause. Sie schließt auf und sieht seine Arbeitsklamotten, in der Diele auf dem Boden verstreut, als habe er die Wohnung nicht schnell genug verlassen können. Mitten im Zimmer steht das provisorische Lager, die schmale, dünne Matratze vom Gästebett, daneben die kleine Leiter zum Erklimmen der Bücherwand, auf der obersten Stufe das Telefon, Kugelschreiber, Zettelblock. Der Fernseher, sonst in ihrem Zimmer, ist mit Jottl umgezogen und steht am unteren Matratzenende auf dem Küchenhocker, so daß er das Programm im Liegen, vom Behelfsbett aus, verfolgen kann. Und – Jottl hat die Videokassette entdeckt, sie steckt noch im Recorder. In die Schreibmaschine ist ein Bogen Papier eingespannt. Sie liest:

Originalton Stella: Jottl, Jottl, wenn du so weitermachst, entwickelst du dich vom anonymen Alkoholiker zum stadtbekannten Säufer. Oder merkst du

nicht, wie du manchmal stotterst, wenn du etwas sagen willst, und die Worte klemmen im Mund?
Dabei ist es eher Stella, die Namen und Zahlen erstaunlich zuverlässig vergißt. Wie oft muß ich ihr das richtige Stichwort geben, aber sie merkt das nicht einmal. So bedient sich einer des anderen. Solange keiner das Gefühl hat, er werde ausgenutzt, ist es wohl das, was man landläufig Liebe nennt.

Darunter ein zweiter Text:

Ist Stella da, wünsch ich mir zuweilen, sie wäre fort. Ist sie nicht da, wie jetzt, fehlt sie mir. Die Wohnung verwandelt sich in ein Möbellager, das darauf wartet, aufgelöst zu werden.

Stellas Atem ist während der Lektüre kürzer geworden, heftiger. Sie bringt ihr Gepäck wieder in die Wohnung, hoffend, Jottl werde bald zurückkommen. Sie weiß ja nicht einmal, wo er steckt.

Als Tante Lucy, von ihrem eigenen Röcheln aufgeschreckt, aus dem Mittagsschlaf erwacht, schaut sie irritiert umher und macht eine Entdeckung: Jenseits des Ganges, im anderen Bett, liegt eine andere Patientin. „Neu hier?" fragt sie, „eben lagen Sie noch nicht da."
Die Bettnachbarin, ein blasses, rundes Gesicht, Stupsnase, schenkt Tante Lucy nur einen flüchtigen Blick. Dann zieht sie sich kopfschüttelnd wieder hinter die geschlossenen Augen zurück.

„Na hören Sie mal, ich spreche mit Ihnen, und Sie sagen nichts?"
Als auf ihre Frage nicht einmal die leiseste Reaktion folgt, greift sie zur Klingel.
„Und, Frau Kall? Was gibt es denn schon wieder?" fragt die Schwester.
„Sie kommen immer so spät!"
„Ich habe eine ganze Station zu versorgen."
„Schwester, hier bleib ich nicht, meine neue Nachbarin…"
Tante Lucy kann nicht weitersprechen, ein weinerlicher Zug erscheint um ihren Mund, dann fährt sie zögernd fort: „Meine … meine … neue Nachbarin…"
„Ja, und?"
„…spricht nicht mit mir."
„Frau Kall, wir haben Sie erst heute verlegt."
„Mich? Das hier ist mein Zimmer, mein Bett, mein Nachttisch."
„Die Zimmer gleichen sich hier wie ein Karton dem anderen."
„Sag ich doch, es ist alles wie gehabt, nur meine Nachbarin ist neu."
„Frau Kall, weil Sie mit Ihrer früheren Bettnachbarin nicht zurechtgekommen sind, haben wir Ihr Bett, nicht gegen Ihren Willen übrigens, hierhergestellt."
„Hören Sie, Schwester, ich komme mit allen zurecht, werden Sie nicht unverschämt! Ich bin freiwillig hier, ich bestimme selbst, wie krank ich bin, und Sie, Sie…"
Die Schwester macht auf dem Absatz kehrt und geht hinaus. Beleidigt zieht Tante Lucy die Bettdecke über

den Kopf. Muß sie sich das bieten lassen, die sture Nachbarin im anderen Bett und eine Krankenschwester, die widerlich ist? Was Pette wohl dazu sagen würde? Zum Arzt wird sie gehen. Der einzige, dem sie hier trauen kann. Beschweren wird sie sich, sofort. Mitten in ihren Überlegungen, wie sie am besten an ihre Krücken käme, die die Schwester ans Waschbecken gelehnt hat, wird ihr die Bettdecke ganz langsam fortgezogen, und die behutsame Stimme des Arztes dringt zu ihr: „Frau Kall, wie geht es uns?"
Auf einmal ist sie wie ausgewechselt: „Herr Doktor, Herr Doktor, zwei Seelen und ein Gedanke, gerade wollte ich zu Ihnen."
„Was gibt es denn?"
Tante Lucy krallt beide Hände in das weiße Bettzeug: „Herr Doktor, niemand redet mit mir."
„Mit wem möchten Sie reden?"
„Mit allen, mit allen am liebsten, aber niemand will. Niemand kennt mich hier, niemand weiß, wie ich wirklich bin, nur er, er weiß…"
„Sie denken sicher an Ihren Mann."
Tante Lucy lacht weinerlich: „An Pette? Machen Sie keinen Witz, Herr Doktor, der kriegt doch rein gar nichts mit. Pette, das ist mein … ich weiß nicht, wie man sagt, er paßt auf mich auf … ein Gorilla ist er, sagt man so?"
„Ihr Mann beschützt Sie, Frau Kall."
„Ja, so ein Gorilla, wie Liz Taylor einen hat, ein Kerl, der kräftig ist, von mir nichts will, und als Belohnung dafür läßt er auch keinen anderen an mich ran."
„Aber Frau Kall, bitte schön, wer ist denn er?"

„Na, mein Vater.“
„Der lebt aber nicht mehr.“
„Haben Sie eine Ahnung, Herr Doktor, so ein Vater stirbt nicht. Immer wieder kommt er und sagt mir, was ich tun oder lassen soll.“ Tante Lucy winkt den Arzt heran. Er beugt sich über sie und hält das rechte Ohr an ihren Mund. Tante Lucy flüstert ihm zu: „Eben erst hat er gesagt, geh hin, wo du hergekommen bist, da ist dein Zuhause, geh nicht weiter, als du sehen oder denken kannst.“
Tante Lucy lehnt sich zurück, und Dr. Blumkaß richtet sich wieder auf: „Ein weiser Rat, Frau Kall.“
„Sehen Sie, Herr Doktor, ich wußte, Sie verstehen mich. Geben Sie mir die Krücken?“
„Wohin wollen Sie?“
Tante Lucy lacht auf: „Wohin schon, nach Hause!“

Da stand, so weit er zurückdenken kann, dieses silbern gerahmte Bild auf Lucys Nachttisch, das Hochzeitsfoto, die Braut hält Rosen im Arm, strahlt frech in die Kamera, während Pette sie betrachtet, als müßte er sich vergewissern, daß sie tatsächlich neben ihm steht. Er hat überhaupt nicht bemerkt, daß das vertraute Hochzeitsbild gegen ein Kinderbild ausgetauscht worden ist, das ihn, ja, ihn, als Schulanfänger zeigt, im Matrosenanzug, mit der Schultüte im Arm. Ein Foto, das er haßt, heute noch, weil es eine Kindheitsidylle vortäuscht. Den Abgrund dahinter, den sieht man nicht, aber er spürt immer noch Beklemmung und Erregung zugleich, wenn er daran denkt, wie er als

kleines Kind immer wieder von seinem Vater gezwungen worden ist, vom Eßtisch auf den Boden zu springen, einmal zur Strafe, ein andermal zur körperlichen Ertüchtigung.
„Wird's bald!" Die schnarrende Stimme seines Vaters verfolgt ihn heute noch. Wäre er nicht gesprungen, dann wäre er mit dem Rohrstock geschlagen worden, also ist er lieber gesprungen. Die Hoffnung, er werde unglücklich stürzen, mit gebrochenen Beinen Mitleid erregen, hat sich ebensowenig erfüllt wie die Erwartung, seine Mutter werde eingreifen.
Er mußte in seiner Kindheit mit allem ganz allein fertig werden, schutzlos auch in der Schule, wenn der Klassenlehrer sein Ohrläppchen zwischen Daumen- und Zeigefingernagel quetschte, und dann, wenn er vor Schmerz aufschrie, mußte er x-mal herunterrasseln: „Dulde, mein Kind, und ertrage den Schmerz, wenn auch betrübt ist dein Herz!"
Sich nichts anmerken lassen, das hat er als Kind schon gelernt, eine Erfahrung, die ihm auch im Umgang mit Lucy zugute gekommen ist. Was sie allerdings nicht weiß.
Warum hat sie ihn als Bräutigam verschwinden lassen und als Kind eingerahmt? Einmal sagte sie, das fällt ihm jetzt ein, als Kinder hätten sie sich kennenlernen sollen, dann hätte die Zeit vielleicht gereicht, um sie einander näherzubringen – oder auseinander.
Sobald sie aus der Klinik heimkommt, wird er sie fragen. Vielleicht wartet sie darauf und ist enttäuscht, daß er den Austausch gar nicht entdeckt hat. Er erwartet sie jeden Tag zurück. Lange hält sie es in der

Klinik nie aus. Heute kommt sie nicht mehr. Nachmittags entläßt die Klinik nicht. Morgen vielleicht?
Es klingelt. Pette erkennt Bechstein durch den Spion. Er öffnet widerwillig. Ein süßlicher Duft weht ihn an. Am liebsten hätte er die Tür gleich wieder zugemacht, doch Bechstein sagt liebenswürdig: „Ich möchte nicht stören, ich wollte mich nur nach der Gnädigsten erkundigen."
Pette steht der Frage hilflos gegenüber. Bechstein sieht ihm das an und fährt fort: „Ich meine, geht es ihr wieder gut?"
„Meine Frau ist noch in der Klinik."
„Ach so, und Ihnen, verehrter Herr Kall, werden Ihnen die Tage nicht zu lang?"
Während er spricht, spielt Bechstein mit seinem schwarzen Stock, macht einen winzigen Schritt nach vorn, was wohl andeuten soll, daß er gerne hereinkäme. Das paßt Pette zwar nicht, aber er möchte nicht unhöflich sein und läßt Bechstein mit einer Handbewegung an sich vorbei.
„Schön haben Sie es hier, Herr Kall."
„Sie waren noch nicht hier?" Pette wundert sich, daß Bechstein Lucy noch nie besucht hat.
„Wo denken Sie hin, Ihre Frau Gemahlin war auch noch nie in meinem Quartier, nur kurz in der Diele, damals, als Sie gekommen sind."
Pette ist sichtlich beruhigt, eigentlich ganz nett, der Mann, denkt er, Langeweile habe ich auch, und so bittet er Bechstein, in der Couchecke Platz zu nehmen.
Als Bechstein merkt, daß Pette in der Rolle des Gastgebers etwas unbeholfen ist, löst er die wortlose Span-

nung auf, indem er vorschlägt: „Trinken wir einen Schluck auf die Gesundheit Ihrer Gemahlin, das wird uns guttun."

Er schraubt seinen Stock auseinander, riecht augenrollend hinein und sagt schmunzelnd: „Cognac."

Damit sind Pettes Vorbehalte gegen Bechstein fast ausgeräumt, was aber eindeutig dem Cognac zuzuschreiben ist. Sein Gast bleibt für ihn ein Fant, der angeblich Handel mit exotischen Perlen treibt und von Lucy angehimmelt wird, weil er eine Nelke im Knopfloch trägt.

Pette holt aus der Küchenzeile zwei Gläser, Bechstein schenkt ein. Sie stoßen an und kippen das Zeug hinunter. Pette schüttelt sich. Beide wischen sich mit dem Handrücken über die Lippen.

Pette wirft die Schultern nach vor, greift im Schwung mit beiden Händen um die Kante des Glastisches, zieht sich hoch – und steht, selbst überrascht, wie sicher, auf Anhieb.

Bechstein erhebt sich in der Annahme, der Höflichkeitsbesuch sei beendet, ebenfalls, doch Pette, nun überraschend gelöst, hat keine Lust mehr, den Nachmittag alleine zu verbringen: „Herrliche Idee, der Schnaps im Stock. Kommen Sie, Herr Nachbar, jetzt zeig ich Ihnen etwas!"

Bechstein strahlt, Lachfältchen überziehen plötzlich sein Gesicht. Sie verlassen die Wohnung, Pette voran, vor den Schließfächern für die Post bleibt er stehen und sagt: „Mein Schnapskeller." Bechstein bekommt große Augen und grinst ungläubig.

„Riechen Sie doch", sagt Pette, nachdem er den Briefkasten geöffnet und die Tageszeitung herausgenommen hat. Bechstein zögert.

„Na, was ist, trauen Sie meinem Laden nicht?"

Nicht ohne Skepsis bückt sich Bechstein und schnuppert in das schwarze Loch. „Gut, ganz ausgezeichnet", meint er.

Pette holt die beiden Gläser, die er mitgenommen hat, aus der Tasche. „Halten Sie!" sagt er bestimmt. Pette schenkt ein. Sie stoßen wieder an und leeren den großzügig bemessenen Inhalt, als wäre es Tee und nicht Schnaps. Pette schraubt das Fläschchen wieder zu und läßt es mit einem vielsagenden Blick in die Sakkotasche gleiten, während nun Bechstein zu Pettes Verblüffung aus jeder Hosentasche eine kleine Flasche zieht.

# IV

Aus heiterem Himmel ein Anruf Pettes. Das hellt ihn auf. Stellas Verschwinden hat auf ihn gewirkt, als wäre der Strom ausgefallen. Auch dieses Sylter Video vermag er nicht einzuordnen. Typisch Stella, daß sie es heimlich hat machen lassen und ihn ausgerechnet jetzt, da er mit ihr hadert (oder sie mit ihm?), zurückversetzt in den Urlaub, an den er sich ohne diesen Striptease wahrscheinlich vorbehaltloser erinnern würde.
Was sollte das? Taktik im Geschlechterkampf? Sicher, es gibt Differenzen, aber keine unüberbrückbaren.
Pette lädt ihn ein, über Nacht zu bleiben. Jottl freut sich. Die Fahrt über die Autobahn besänftigt ihn. Sowie er einen Parkplatz hat, läßt er sich Zeit und bummelt durch die Altstadt. Er mag die schiefen Fachwerkhäuser, die Tante-Emma-Läden, die verschiedenen Gerüche, die sich mischen: Bonbons, frisch gemahlener Kaffee, Tilsiter Käse.
Da er weiß, daß Pette abends nur eine Kleinigkeit ißt, etwa Brot mit Butter und Senf, Brot mit Sardellenpaste, geht Jottl in das Bistro des Spielcasinos und bestellt ein Beefsteak Tatar, in das er einen Schuß Piemonteser Grappa rühren läßt. Ganz eins mit sich, klingelt er Minuten später am Kallschen Appartement. Als geöffnet wird, erschrickt er, sein erster Gedanke ist, er habe sich in der Wohnungstür geirrt. Nicht Pette steht da,

sondern Krystyna Lukic, die auf derselben Etage wohnt. Doch schon der zweite Blick bestätigt ihm, daß er richtig ist: Auf dem Teppichboden im Wohnraum erkennt er Pettes braun-gelb gemustertes Sakko.
Jottl und die schöne Frau Lukic, wie Pette sie nennt, sind einander gelegentlich im Treppenhaus oder im Lift begegnet, haben einander auch schon zugenickt, aber noch nie ein Wort gewechselt. Jottl beäugte sie immer nur von der Seite, wenn er meinte, unbeobachtet zu sein. Ihr jetzt gegenüberzustehen verunsichert ihn.
Was dann, innerhalb weniger Sekunden, geschieht, gibt es selten, der berühmte Funke springt über, unvermittelt, überwältigend, Liebe auf den ersten Blick nennt er es, weil ihm zur Beschreibung dessen, was er empfindet, nichts anderes zur Verfügung steht als ein Ausdruck aus Billigromanen.
Krystyna Lukic strahlt, als begrüße sie einen Freund. Wie hypnotisiert schaut er in ihre graugrünen Augen. Wer wen zuerst umarmt hat, er weiß es nicht. Der Duft ihrer Haare verwirrt ihn, er schiebt sich an ihr vorbei.
Im Wohnzimmer bietet sich ihm ein überraschendes Bild christlicher Nächstenliebe: Pette liegt auf dem Teppichboden, Bechstein kniet neben ihm, nimmt gerade ein rotweiß kariertes Küchenhandtuch von Pettes Stirn, reicht es Krystyna. Sie hält es unter kaltes Wasser und gibt es Bechstein zurück.
„Er ist gestürzt", sagt Bechstein, „gegen den Schrank."
Jottls Blick fällt auf die geplatzte Kopfhaut, die Schwellung ringsherum, das geronnene Blut, und er überlegt,

was wohl zu Pettes Sturz geführt habe. Auf dem niedrigen Couchtisch steht eine quadratische Plastikschüssel, halb mit Wasser gefüllt, Speisereste darin. „Er hat sich übergeben müssen“, flüstert Krystyna, die Jottls fragenden Blick auf die Schüssel verstanden hat.

Bechstein öffnet Pettes Schlips, die Hemdknöpfe und betupft den Verletzten nochmals mit kaltem Wasser. Nachdem keine Reaktion zu erkennen ist, nimmt Bechstein Pettes Kopf zwischen die Hände und schüttelt ihn, noch immer nichts, dann versucht er es mit Kneifen in der Hoffnung, der Schmerz werde Pette zu Bewußtsein bringen, und tatsächlich, er stöhnt leise auf. Die unmittelbare Gefahr scheint vorüber. Zu dritt schleifen sie Pette ins Bett und beschließen, den Arzt erst am Morgen zu verständigen.

Jottl bleibt an Pettes Lager und denkt an seine eigenen Stoßgebete nach durchzechten Nächten. Nie wieder werde er sich verführen lassen, von nichts und niemandem, wenn nur die Schmerzen aufhörten, die Übelkeit verschwinde.

Manchmal gibt Pette Laute von sich, die an eine alte Dampflok erinnern. Sonst ist es still geworden, im Haus, auf der Straße, und das tut Jottl gut, die Anspannung der letzten Tage fällt von ihm ab. Jetzt hätte er Stella anrufen können, jetzt wäre ihm vielleicht sogar ein zärtlicher Satz über die Lippen gekommen, und er stellt sich vor, daß Stella ihn nicht gleich zurückweisen würde mit dem Vorwurf, daß er sich nur selbst belüge. Doch es scheint ihm unwahrscheinlich, daß Stella inzwischen zurückgekehrt ist.

Jottl räumt die Gläser vom Tisch, drei sind es, und hält sie gegen das Licht: Zwei sind benutzt, das dritte nicht, keine Spuren von Lippenstift. Dann hat Krystyna ja gar nicht mitgezecht, eine Schlußfolgerung, die Jottl zu einem beifälligen Nicken veranlaßt.

Manchmal denkt sie boshaft, der liebe Gott habe ihn mit Rettungsringen aus Fett versehen, damit er im Leben nicht untergehe. Meistens hat sie auch Verständnis, wenn er so lange unter der Dusche braucht. Heute ist ihre Geduld nahezu am Ende. Er wechselt etliche Male zwischen Heiß und Kalt, ehe er, wie ein Seehund prustend, aus dem Bad tritt und erwartet, daß sie ihn abreibt. Zwei Badetücher braucht sie, bis sie ihn vollständig abgetrocknet hat, außer Puste, als habe sie Wäsche im Zuber geschrubbt.
„Den Pette Kall, duze ich den jetzt?"
„Na ja, Bechstein, vorübergehend, du weißt ja, wie das so ist. Aber er wird beim Sie bleiben."
„Ein netter Mann, ich könnte ihm Perlen verkaufen, für seine Frau, wenn sie aus der Klinik zurückkommt."
„Abram, Abram, du fliegst nochmal auf."
„Du wirst mich doch nicht verpfeifen, oder?"
„Keine Angst. Aber ich geh jetzt, ich will einfach nur schlafen, es ist spät genug."
„Schon gut."
Bechstein versucht in das Oberteil seines Schlafanzugs zu kommen, es sieht aus, als wolle er sich nach oben boxen. Ein liebenswertes, zuweilen auch mürrisches Ungestüm hat er sich bewahrt, das muß Krystyna ihm

lassen. Diesem spitzbübischen Charme ist sie damals im Urlaub erlegen. Während sie schon vor ihrem Frühstückstablett saß, stand er noch am Buffet und schnitt Grimassen, wie sie Kindern gefallen. Dann kam er mit seinem Tablett an ihren Tisch und setzte sich, ohne zu fragen, ohne sich vorzustellen. Erstaunt sah sie zu, wie er aus einer Hosentasche einen Eierbecher zauberte, einen kleinen Ball aus der anderen und ihr das seltsame Arrangement mit der Frage „Salz, Madame?" auf den Teller stellte. Da hat sie lachen müssen, er strahlte zurück, lustige Falten bekam er auf der Stirn. Sie hat es ihm damals nicht schwer gemacht, diesem seltsamen Bären, näher an sie heranzukommen. Der Ehekrieg daheim hatte sie in ein schwarzes Loch fallen lassen, jeder Lichtstrahl, der sie traf, tat ihr gut.

Sie hatte ihn gern um sich, nur schlafen wollte sie nicht mit ihm. Einmal war es ihm gelungen, sie zu verführen, und dabei blieb es. Es war nicht der Altersunterschied, der sie störte, er hätte zwar ihr Vater sein können, doch das war es nicht. Sexuelle Berührungen waren ihr einfach zuwider geworden, während ihr Anlehnungsbedürfnis unverhältnismäßig zugenommen hatte. Daß Bechstein diese Grenze nicht respektierte, hatte sie vorsichtig gemacht. Dieses eine Mal ließ sie ihn gewähren. Ein Zugeständnis, Unsicherheit? Sie hatte ihn nicht verlieren wollen in der Hoffnung, mit seiner Unterstützung den endgültigen Absprung aus der gescheiterten Ehe zu schaffen. Auch das Gefühl, von ihrer hysterischen Krebsangst weitgehend geheilt zu sein, verdankte sie Bechstein, seinem unermüdlichen

Beistand, seiner Gelassenheit, wenn er sagte: „Du und krank? Wenn du deinen Mann abgeschüttelt hast, vergeht auch der Schmerz."

Aber er, was hat er davon? Sie leben getrennt, jeder in seinem Appartement, manchmal kocht sie für ihn, manchmal gehen sie aus. Und sonst?

Vielleicht genügt es ihm, daß sie ihm bei seinem Schmuck- und Perlenschacher behilflich ist? Pfandhäuser, Trödler, Nachlaßauktionen besuchen sie auf der Suche nach kalt glänzenden oder warm schillernden Kugelmuscheln aus dem Meer, an Rohlingen sind sie ebenso interessiert wie an Perlen, die schon zum Ohrring, zur Brosche, zum Anhänger verarbeitet waren.

Krystyna betrachtet sich in dem goldgerahmten Spiegel über dem Aquarium, das Wasser wurde längst ausgelassen, auf dessen braunem Sandgrund Perlen leuchten, rötlich, blaß, schattig weiß, altrosa, mattgelb bis ockergelb. Kommt Kundschaft aufgrund der regelmäßig geschalteten Kleinanzeigen in allen möglichen Blättern, bündelt Bechstein Licht auf die Pretiosen. Ihre Rolle bei dem Verkaufsgespräch ist, kurz gesagt, Bechstein Seriosität zu verleihen, den Verdacht zu zerstreuen, er sei nicht mehr als ein fliegender Händler, auf der Reise von Betrug zu Betrug. Bechstein behauptet zwar, nie mehr zu verlangen, als ein Herz, das den Schmuck begehre, zahlen wolle, doch das, was er für die Perlen verlangt, grenzt an Wucher. Wie sie seinen gezielt eingesetzten Charme manchmal haßt! Gleichzeitig ist ihr schmerzlich bewußt, daß sie ihren Verdienstanteil letztlich seinem dubiosen Verkaufstalent verdankt.

Versunken in den Anblick der Vitrine, hat sie Bechsteins Annäherung nicht bemerkt. Plötzlich steht er da, seine Hände legen sich auf ihre Schultern, liegen dort erstaunlich leicht, als sie ihn fast tonlos fragen hört: „Gefällt er dir sehr?"
„Wie kommst du darauf?"
„Du mußt mich nicht belügen, ich habe euch beobachtet."
„Jetzt bin ich dir böse, Bechstein, wirklich, zum ersten Mal."
Sie löst sich geschickt aus seiner Berührung, eilt zur Wohnungstür und wendet sich von dort aus noch einmal um, als wolle sie etwas sagen, schüttelt dann aber nur den Kopf und verläßt Bechsteins Appartement.

Seine Ungeschütztheit mochte sie, die Unfähigkeit, den Überheblichen zu mimen. Am Anfang hat sie ihn oft mit einem ramponierten Vogel verglichen, der am Boden hockt und zittert. Und hat sie ihn durch ihre Fürsorge nicht von dem Schuldgefühl befreit, er habe den größeren Anteil am Scheitern seiner Ehe?
Die ersten Jahre ihres Zusammenseins ... ein dichter werdendes Gewebe verblüffender Übereinstimmungen. Ist der Endpunkt ihrer Annäherung nun erreicht? Überschritten sogar? Daß sie sich gestern nacht weggestohlen hat, sollte ja nicht mehr als ein Denkzettel sein. Jottls Reaktion kommt ihr reichlich überzogen vor. Einfach loszufahren, auf und davon, ohne eine Nachricht zu hinterlassen, ohne anzurufen, war das

letzte, was sie ihm zugetraut hätte. War Jottl früher verreist, meldete er sich prompt, auch nachts. Ohne ihre Stimme gehört zu haben, wollte er nicht einschlafen. Wo kann er stecken? Einen Freund, bei dem er über Nacht bleiben könnte, hat er nicht. Eine Freundin? Hätte sie ihm längst angemerkt. Bei Tante Lucy über Nacht? Undenkbar. Noch dazu liegt Tante Lucy in der Klinik. Aber Pette und Jottl kommen ganz gut miteinander aus. Der Gedanke beruhigt sie. Stella wählt Pettes Nummer. Jottls Stimme zu hören, das braucht sie jetzt.

Über Jottls Kopf hängt ein riesiges Bild: in der Mitte ein Schäferhund, liegend, umgeben von neun Katzen. Eine Erinnerung an die Jahre, in denen Tante Lucy und Pette im Pfälzischen, hoch über der Mosel wohnten, in einem einfachen Flachdachhaus, an das ein weites Areal mit alten Obstbäumen grenzte, in dem Tante Lucy mit den Katzen und dem Hund umhergetollt war. Die ländliche Idylle fand ihr jähes Ende an einem milden Frühherbsttag, als Tante Lucy auf einem Pflaumenbaum stand, nach den rotvioletten Früchten angelte und sie einzeln herunterfallen ließ. Pette sammelte sie ein und trug sie ins Haus. Als er mit dem leeren Korb wieder in den Garten kam, lag sie im Gras, der Länge nach ausgestreckt auf dem Bauch. Ein falscher Tritt hatte sie abstürzen lassen. Die Diagnose im Krankenhaus: Unterarmbruch links, Prellungen, Abschürfungen. Tante Lucy, zu extremen Entschlüssen neigend, beschloß daraufhin, das Land-

leben zu beenden und eine Wohnung in der Großstadt zu nehmen. Der Hund und die Katzen wurden eingeschläfert, zuvor jedoch von einem ortsansässigen Tier- und Landschaftsmaler in Öl auf Leinwand gebannt, um jedes gemalte Haupt die Andeutung eines honigfarbenen Heiligenscheins.
Jottl schreckt auf, es klopft. Durch den Spion erkennt er Krystyna.

# V

„Hab ich Sie geweckt“, fragt sie, „tut mir leid.“
„Nein, nein, ich hab nur ein wenig nachgedacht.“
„Ich wollte nur fragen, wie es Pette…“
„Kommen Sie, setzen wir uns, Pette liegt im Bett und schnaubt wie eine Dampflok.“
Krystyna muß lachen. Jottl schiebt sie sanft zur Couch, ihre Blicke treffen sich, er fühlt sich angezogen von ihr, noch stärker als zuvor. Leicht verlegen holt er zwei Cognacschwenker und schenkt ein. Ihre Hände berühren sich, doch genau in dem Moment, in dem er Krystyna umarmen will, läutet das Telefon.
„Ja?“
„Jottl, bist du’s? … Du hörst dich so anders an.“
„Du hast mich geweckt.“
„Ich hör doch da Geräusche, bist du allein?“
„Stella, ich weiß nicht, ob das der richtige Moment ist…“
Jottl hält den Hörer wie einen zur Versteigerung bestimmten Gegenstand hoch: „Eingehängt.“
„War das die Frau, mit der ich dich schon gesehen hab? Bekommst du Schwierigkeiten?“
Jottl zuckt mit den Schultern. Krystyna rückt dichter an ihn heran. Den Hörer hält er immer noch hoch. Als Krystyna ihn nehmen will, fällt er mit einem lauten Knall auf den Couchtisch. Aus dem Schlafzimmer dröhnt Pettes verschlafener Baß: „Wer ist da?“

„Ich."
„Ich?"
„Jottl."
„Wie bist du hergekommen? Wer hat dir aufgemacht?"
„Aber Pette, du hast doch angerufen und mich eingeladen."
„Kann mich nicht erinnern."
„Pette, erkennst du mich nicht?"
„Nein."
Jottl geht die wenigen Schritte zum Mauerdurchbruch zwischen Wohn- und Schlafteil, bleibt unter dem Rundbogen stehen, fragt: „Und? Bin ich der Jottl?"
„Meinetwegen", brummt Pette, ohne daß er die Augen öffnet. Es hätte ihm auch nichts gebracht. Die Brille liegt noch auf dem Couchtisch nebenan, und ohne Brille erkennt Pette rein gar nichts.
„Wenn du der Jottl bist, weißt du auch, daß ich nicht hier schlafe, sondern drüben hinter dem Gang, das ist Lucys Bett."
„Sicher weiß ich das, aber du warst eine Schnapsleiche, und da war mir ziemlich egal, wo du liegst, Hauptsache überhaupt."
Für Pette ist dieser Wortwechsel schon zu lang, mit seligem Gesichtsausdruck zieht er sich in den Schlaf zurück.
Krystyna ist inzwischen zu Jottl getreten, umfaßt ihn von hinten. Jottl dreht sich zu ihr und streichelt ihre nackten Arme.
„Laß uns gehen", flüstert sie.
Krystyna lenkt ihn in Richtung ihres Appartements. Sie möchte ungestört mit ihm zusammensein, ihn

berühren, umarmen, doch Jottl ist sichtlich irritiert, der Anruf Stellas hat ihn durcheinandergebracht. Krystynas Nähe erregt ihn zwar, aber der Gedanke an eine Auseinandersetzung mit Stella, die kindische Angst vor Liebesentzug, neutralisiert sein Verlangen deutlich. Er schiebt Krystyna zu dem hohen Fenster am Ende des Flurs. Die Konturen der Häuser treten schon aus der Morgendämmerung, vereinzelt Autos auf der Straße, ein Linienbus fährt an.

„Krystyna, wir sollten uns Zeit lassen, ich weiß ja noch gar nichts von dir."

„Da gibt's wenig Schönes zu erzählen. Ich bin unehelich geboren, meine Mutter war Musikstudentin, sie hatte einen Freund, schon von der Schule her. Als sie ihm sagte, sie sei schwanger, hat er sich unbändig gefreut. ‚Die schönste Zeit war es', höre ich meine Mutter noch, ‚wir haben Babywäsche gekauft, Möbel angeschaut', Mutter wohnte damals noch im Elternhaus. Eines Tages kam er nicht mehr. Meine Mutter rief ihn an, er ließ sich verleugnen. Dann kam ein Brief: ‚Such dir einen Vater für dein Kind, ich bin es nicht.' Er war wie vom Erdboden verschluckt. Meine Mutter war viel zu stolz, nach ihm suchen zu lassen, sie hat dann Klavierstunden gegeben. Ich weiß nicht, ob Schicksal ansteckend ist …"

Jottl will seine Arme um Krystyna legen, doch sie entzieht sich, schaut ihn sehr aufmerksam an und sagt: „Flucht in die Umarmung?"

Jottl weiß nicht recht, wie er auf die unerwartete Distanz reagieren soll, er vergräbt die Hände in den Hosentaschen und fragt: „Wie meinst du das?"

„Du sagst gar nichts, läßt mich einfach reden.“
„Du bist ungerecht, ich wollte dich doch trösten, dir zeigen, daß ich verstehe.“
„Verständnis ohne Worte, Zärtlichkeiten als Trost...“
Krystyna hält plötzlich inne, zieht Jottl hinter eine Samtgardine und flüstert: „Bechstein ... siehst du?“
„Hauptsache, er sieht uns nicht.“
„Keine Angst, er sieht jetzt nichts, er geht zu meinem Appartement und klopft. Hörst du? Mit dem Ring am kleinen Finger macht er das.“
Bechstein ist im Bademantel, barfuß, auf dem Kopf eine Pudelmütze, unter der die weiße Mähne seines Hinterkopfhaars in den Nacken quillt.
„Er ist gewohnt, daß ich mich melde.“
„Daß du öffnest?“
„Bewahre, er will sich vergewissern, daß ich zu Hause bin, und wartet auf Antwort. Bisher hat er sich darauf verlassen können.“
„Jede Nacht?“
„Das wär schlimm, nein. Wenn Bechstein nicht schlafen kann, ins Grübeln kommt, sich einfach verlassen fühlt, verstehst du, dann kommt er und klopft. Ich melde mich, das tut ihm gut, er beruhigt sich und schläft manchmal auch ohne Tabletten wieder ein.“
„Und jetzt?“
„Ich weiß nicht.“
Bechstein wiederholt sein Klopfen mit dem Ring, lauter, andauernder. Den Kopf seitlich an die Tür gelegt, horcht er.
„Wie meldest du dich denn?“

„Lach nicht, Bechstein hat mir eine alte Motorradhupe geschenkt, ich drück zweimal drauf, dann geht er wieder. Falls er mich dringend braucht, wenn es ihm rundherum schlecht geht und er es mit der Angst zu tun bekommt, ruft er mich an, ich geh dann hinüber und kümmere mich um ihn."
Bechstein lehnt seine Stirn an die Tür und schlägt die Handflächen über dem Kopf gegen die Tür.
„Wie einer, der sich ergibt, steht er da", flüstert Jottl.
„Wenn er so steht, bekommt er leichter Luft."
Bechstein atmet jetzt ruhiger. Die Hände in den großen Taschen des Bademantels, kehrt er, ein wenig schwankend, in sein Appartement zurück.
„Warum gehst du nicht zu ihm?"
„Jottl, Bechstein liebt mich, auf seine Art, verstehst du, und ich, ich erwidere seine Zuneigung, auch auf meine Art. Er weiß, ich bin für ihn da, und ich hab mich an den Schutz, den seine Nachbarschaft mir bedeutet, inzwischen gewöhnt. Er ahnt, daß ich dich mag, und er wird sich denken, daß ich nicht allein bin, ein radikaler Einschnitt für ihn. Wäre ich eben hingegangen, hätte ich ihm womöglich falsche Hoffnung gemacht, er muß da allein durch. Er hat viel für mich getan, aber von der Vorstellung, ich liebte ihn, muß er sich befreien."
„Eigenartig, wenn man Bechstein begegnet, wirkt er wie ein etwas verlebter Altersbeau, der das Cognacstöckchen schwingt und Sprüche klopft."
„Ja und?"
„Dieser Widerspruch, tagsüber spielt er den Dandy und in der Nacht..."

„Bechstein spielt Theater, und von diesem Schauspiel zehrt er. Es gibt aber auch Tage, da geht's ihm hundeelend, niemand hört ihn dann im Treppenhaus trällern, niemand sieht ihn deiner Tante Lucy schöne Augen machen, dann liegt er nämlich im Bett, hustet ins Kopfkissen, und ich muß ihn füttern wie ein Kind."
Sie gehen zu Bechsteins Wohnung. Krystyna legt ihr Ohr an die Tür und horcht. Jottl lauscht ebenfalls.
„Nichts."
„Bist du ganz sicher?"
„Kein Anfall oder so, ich kenn mich da aus."
Als sie weitergehen, hören sie das Telefon in Krystynas Appartement klingeln.
„Nimm ab."
„Nein, nicht heute nacht, morgen bin ich wieder bei ihm."
Sie trennen sich vor ihrer Wohnungstür mit einer kurzen Umarmung, Küßchen links, Küßchen rechts, wie auf dem Bahnsteig.

Ein Hubschrauber dröhnt durch ihren Traum. Wo immer sie auch geschlafen hat, im Gebirge, am Meer, in Städten, auf dem Land, dieser Hubschrauber hat sie verfolgt. Sie schreckt auf, sucht Jottls Hand. Ach Jottl! Die beunruhigenden Gedanken kommen schlagartig wieder. Sie hat ihn in Verdacht, daß er mit dem Besuch bei Pette, auch den Klinikaufenthalt Tante Lucys bedenkend, ein Rendezvous getarnt hat. Aber wo hat er sie kennengelernt? Im Haus? Im Supermarkt? In der Apotheke?

Sollte er ein Auge auf die auffällig blondierte Büroangestellte des Hausverwalters geworfen haben? Überhaupt nicht Jottls Typ. Die schöne Russin mit den mandelförmigen Augen, deren Mann im Spielcasino arbeitet? Oder vielleicht die langhaarige Endzeitliebe Bechsteins? Stella erinnert sich an seinen Blick, als sie einmal im Treppenhaus zusammentrafen, an seine brummige Bemerkung, die nichts weiter war als der leicht durchschaubare Versuch, seine Bewunderung zu tarnen. Sie kennt ihren Jottl doch.

Stella schlägt leicht verärgert die Decke zurück. Sie wird einfach Bechstein fragen, ganz unschuldig, ob er wisse, wo Jottl stecke, sie mache sich Sorgen, er sei zu Pette gefahren und melde sich nicht, das kenne sie überhaupt nicht von ihm, und so fort.

Sie wählt Bechsteins Nummer. Er meldet sich mit einem gepreßten Schrei: „Krystyna!"

„Hier ist Stella Bubat, Herr Bechstein!"

„Wer?" fragt er gereizt zurück.

In der Annahme, Bechstein höre schlecht, spricht sie betont langsam: „Herr Bechstein, hier ist Stella Bubat, die Lebensgefährtin von Jottl Oggs, dem Neffen von Frau Kall. Herr Bechstein, ich suche Jottl, wissen Sie, wo er steckt?"

Statt einer Antwort vernimmt Stella alle möglichen Geräusche: ein Plätschern, als ob Wasser liefe, Klirren, Vogelstimmen. Sie wiederholt: „Herr Bechstein ... So antworten Sie doch ... Hören Sie mich?"

Ein Aufprall.

„Herr Bechstein", wiederholt sie irritiert, „so antworten Sie doch."

Dann ein Röcheln.
„Hallo", schreit Stella, „hallo", als käme sie laut näher an Bechstein heran. Und tatsächlich meint sie ein Wort zu erkennen, ein heiseres: „Jaaa?"

Der Krankentransporter hält neben dem Hauptportal der Klinik. Zwei junge Männer, ein Sanitäter und ein Zivildiener, steigen aus, heben den Rollstuhl durch die seitliche Schiebetür und manövrieren ihn in die Eingangshalle.
„Wen holen wir eigentlich ab, Mann oder Frau?" fragt der Zivi.
„Eine Frau, Lucy Kall."
„Kall... Kall...? Wohnt die in diesem Wohnklotz beim Hotel Fürstenhof?"
„Genau."
„Mensch, die hab ich schon einmal hergebracht, nette alte Dame, irgendwie jugendlich."
Der Sanitäter sieht auf seinem Auftragszettel nach, von welcher Station die Patientin abzuholen ist, und will sich gerade in Bewegung setzen, als ein schrilles Hallo zu ihnen dringt.
„Suchen Sie mich?" ruft Tante Lucy, „ich bin Frau Kall... Hören Sie ... ich bin Frau Kall."
Zum Zeichen, daß sie verstanden haben, hebt der Zivi den Arm. Tante Lucy winkt lebhaft zurück.
Sie sitzt ganz allein auf der Couch, zwischen einem Koffer aus rotem Lederimitat und zwei Plastiktüten, kreischt immer noch und fuchtelt mit den Armen: „Ich bin Frau Kall." Jeder weiß es nun, dieser Schrei-

hals im grauen Persianer, die geschwollenen Füße in Stoffpantoffeln, auf dem Kopf ein flacher Hut, riesengroß, ist Frau Kall.
Die beiden jungen Männer schauen sich sprachlos an, ehe sie den Rollstuhl zu Tante Lucy schieben und dort etwas unsicher stehenbleiben, gespannt darauf, wie's weitergeht.
„Wo bleibt ihr denn? Ich warte schon, ich bin Frau Kall, und ihr?"
„Torsten", antwortet der Krankenpfleger und verbeugt sich leicht.
„Obermüller", stellt sich der Zivi vor. „Frau Kall, ich glaube, wir kennen uns schon."
„Na, sag mal, Obermüller, einen Vornamen hast du nicht?"
„Frau Kall, wir tragen Ihr Gepäck jetzt zum Krankenwagen, können Sie allein aufstehen und sich in den Krankenstuhl setzen?"
„Nee, wozu hab ich euch zwei Kavaliere? Legt meine Krücken in den Stuhl, die sollen sich ausruhen, ihr hakt euch bei mir ein, und ich zeig euch, wie eine alte Tänzerin noch immer die Beine schmeißt."
Der Krankenpfleger legt Tante Lucys Habseligkeiten wortlos auf den Krankenstuhl.
„Ihr Kollege ist so ernst", sagt sie, als Torsten sich mit dem Gepäck entfernt.
„Sein Beruf, Frau Kall, hat nichts zu sagen."
„Übrigens, daß ich Sie vorhin geduzt habe..."
„Schon in Ordnung", unterbricht der Zivi sie, „ich bin der Kai, sagen Sie ruhig du zu mir... Da kommt Torsten ja schon."

„Wir nehmen Sie in die Mitte“, bestimmt der Krankenpfleger kurzerhand und fügt mit einem Blick auf die ungewöhnliche Patientin hinzu: „Okay?“
Zwischen ihren beiden Begleitern wirkt Tante Lucy klapprig und entsprechend schutzbedürftig. Auf dem Weg zum Auto berühren ihre Beine nur selten den Boden, so daß ihre tanzschrittartigen Bewegungen eher einem unfreiwilligen Strampeln gleichen. Aber sie lacht und albert: „Zwei Männer braucht das Weib.“
Im Auto wird sie auf die hintere Sitzbank gehoben und angeschnallt. Kai und Torsten steigen vorne ein.
„Ab geht's, Frau Kall“, ruft Kai nach hinten.
Die Fahrt von der Klinik in die Stadt dauert selten länger als fünfundzwanzig Minuten. Für Tante Lucy zu lang, sie will so schnell wie möglich nach Hause. Doch gerade heute kommen sie nicht und nicht vorwärts. Über eine halbe Stunde lang übt sie sich in Geduld, doch dann kann sie nicht mehr, der Druck auf die Blase wird zu groß. Sie muß sich Luft machen, so unangenehm es ihr auch ist: „Kai, wie lange noch?“
„So wie das aussieht, kann das dauern.“
„Kinder“, fährt Tante Lucy weinerlich fort, „so leid es mir tut, ich muß, und zwar dringend, der Frühstückstee...“
Jetzt dreht sich Torsten um: „Sie sehen ja selbst, ich kann hier nirgends halten.“
„Und in die Klinik zurück?“
Torsten streicht sich über den Kopf, Tante Lucy sieht im Rückspiegel, wie es in ihm arbeitet. „Würde ich schon, aber überall Einbahnstraßen, Umleitungen...“

Sie kann sich nicht mehr beherrschen, die ersten Tränen rollen ihr über die Wangen: „Versteht ihr denn nicht?“
Kai wendet sich um: „Frau Kall, ich hab da eine Idee, aber nicht böse sein, vielleicht ist sie gar nicht so gut.“
Tante Lucy wischt mit beiden Handrücken die Tränen weg: „Schieß los!“
„Wir haben da einen leeren Yoghurtbecher, einen großen, verstehen Sie?“
Tante Lucy ist sichtlich erleichtert: „Ja, das könnte gehen, aber ihr müßt das Radio anstellen, so laut es geht.“
„Klasse, Frau Kall“, ruft Kai nach hinten und reicht Tante Lucy den Becher. Torsten dreht das Radio auf volle Lautstärke.
Als der Krankenwagen vor dem Appartementhaus VIER TAGESZEITEN hält, applaudiert Tante Lucy kräftig. Kai und Torsten sind irritiert, dann applaudieren sie auch – wie nach einem stürmischen Flug, wenn die Maschine glücklich gelandet ist.

Für Jottl war das Telefon in erster Linie ein Notbehelf, bestenfalls gut, um kurze Nachrichten auszutauschen. Sein Unwille, sich auf längere Gespräche einzulassen, war nicht zu überhören, und so wurde er kaum noch angerufen. Er hob nur ab, wenn Stella nicht zu Hause war, die meisten Anrufe galten ohnehin ihr. So bekam schließlich jeder, was ihm entsprach: Jottl seine Ruhe, Stella das Telefon.

Jetzt, wo er mit Pette, der sich nur langsam bewegen kann, allein ist, wird er wohl ans Telefon gehen müssen. Keine verlockende Vorstellung, er befürchtet zudem, Stella werde sich nach dem unglücklichen Nachtgespräch wieder melden, um nachzubohren, in wessen Gesellschaft er gewesen sei. Allein die Vorstellung beschleunigt seinen Herzschlag.

Jottl stellt das Telefon kurzerhand auf den Balkon, wo das Klingeln vom Straßenlärm verschluckt wird, so daß er sagen könnte, er habe überhaupt nichts gehört. Doch Pette macht ihm einen Strich durch die Rechnung: „Jottl, Jottl, nimmst du nicht ab?“ ruft er. Überrascht, daß Pettes Gehör noch so gut funktioniert, holt Jottl das schwarze Gerät herein, meldet sich leicht unsicher mit seinem Namen, und nach einer Pause: „Richt ich ihm aus, danke.“

„Na, Pette, rat mal, wer angerufen hat.“

„Das ist nicht schwer zu erraten.“

„Ich bin gespannt.“

„Die Stationsschwester war am Apparat, Lucy kommt aus der Klinik.“

„Mann, o Mann!“

Pette zieht die Arme unter der Bettdecke hervor und schaut ungläubig auf die Ärmel seines Glencheckanzugs. Als er die Bettdecke zur Seite schlägt und sieht, daß er auch noch in den Anzughosen steckt, ist sein Erschrecken nicht mehr zu übertreffen: „O Gott, wenn das Lucy sieht!“

„Du hast zuviel getrunken, Pette, es ging dir gestern nicht gut.“

Pette erinnert sich dunkel.

„Ta Lu kommt, stehst du nun auf?"
„Muß ich doch, sonst ist sie größer als ich, und das nutzt sie erbarmungslos aus."
Jottl reicht ihm beide Hände und zieht ihn hoch. Etwas unsicher schlurft Pette zur Couch und läßt sich dort erschöpft nieder.
„Und duschen?"
Pette lacht verzweifelt auf: „Dein Ernst?"
„Schon."
„Nachdem ich mich gestern nicht ausgezogen habe, brauche ich mich heute auch nicht anzuziehen. Du bist nicht alt genug, um zu verstehen, was ich meine. Morgen für Morgen diese Qual im Bad. Duschen, das ginge ja noch, aber dann abtrocknen, rasieren, Zähne putzen, kämmen, Kopfhaut ölen, anziehen… Am schwersten tue ich mir mit Unterhosen, Socken, Schuhen. Ich sag dir gleich warum, du kannst dich zwar setzen, mußt dich aber bücken. Und der Kopf, Jottl, er platzt, denkst du, und dir wird schwarz vor den Augen. Das Schlimmste ist aber, du kommst nicht mehr über diesen ausgeleierten Bauch, das nimmt dir die Luft, so weit vorgebeugt verlierst du das Gleichgewicht und kippst, wenn du dir die Schnürsenkel zumachen willst."
„Tante Lucy ist dir dabei wohl auch keine Hilfe. Manchmal frage ich mich, wie ihr überhaupt habt heiraten können? Oder warum ihr euch später nicht getrennt habt?"
„Ewigkeiten liegt das zurück … außerdem … ich bin sicher, wir sind da keine so große Ausnahme. Man weiß zuwenig davon, was zwischen Mann und Frau

geschieht, sobald sie die Tür hinter sich zugemacht haben, nur durch die Zeitung oder das Fernsehen schaut man zufällig in dieses Gruselkabinett, Ehe, Familie, in den täglichen Kleinkrieg mit Worten, Blicken und auch Gewalt. Da mach ich mir überhaupt nichts vor, Jottl, die beste Ehe kann nur schlechter werden, die schlechteste Ehe ist noch nie besser geworden, alles andere ist doch Selbstbetrug. Es fängt ja auch verführerisch an: Geschlechterkrieg, als Flitterwochen getarnt, Sexualität, als Liebe deklariert, und wenn das Duett später zum Duell entartet, wird das von den Beteiligten vielleicht sogar als Erleichterung empfunden, kein Versteckspiel mehr, keine Täuschungsmanöver, das eigentliche Schauspiel, die Tragikomödie zwischen Adam und Eva beginnt …"

„Pette, Pette … denkst du nicht, Tante Lucy ist vielleicht schon unterwegs? Tun wir was! Aufräumen zum Beispiel!"

„Und wozu, bitte schön? Sie ist nicht zum ersten Mal ausgebüxt. Früher fuhr sie bis nach Berlin, wo sie aufgemotzt in den Kudammcafés saß und meinte, sie wische mir damit eins aus. Keine, die ihm Frühstück macht, die Hemden bügelt. Und wenn sie nur lange genug fort sei, werde ich dankbar sein, wenn sie wiederkommt, und klein beigeben. Denkste."

Pette zieht das ausgebleichte Tuch vom Vogelkäfig, das dem Papagei als Nachthimmel dient.

„Ta Lus Papagei, am besten auf den Balkon mit ihm, an die frische Luft."

Der Schreihals ergibt sich nicht ohne Widerstand in sein unfreiwilliges Emigrantenschicksal, er hackt mit

dem Schnabel nach Jottls Fingern und beginnt erbärmlich zu kreischen.
„Dann muß der Zoo noch von der Wand!“
Skeptisch blickt Jottl zu Pette: „Das ist nicht dein Ernst!“
„Wir müssen uns beeilen, sie kommt vielleicht bald.“
„Was soll das? Willst du Tante Lucy provozieren, den Krieg eröffnen? Ohne mich!“
„Soll ich vielleicht die Wand hoch? Außerdem, wer ist hier der Herr im Haus? Ab in den Hausflur damit, ans Fenster, hinter den Vorhang.“
„Aber dann ist Schluß.“
Jottl stellt das Bild hinter den Faltenwurf aus kobaltblauem Samt, wo er mit Krystyna stand, vor Stunden erst, aber ihm kommt es so unwirklich vor, so blaß ist die Erinnerung. Von der Anziehungskraft ist nicht viel übriggeblieben, ganz im Gegenteil, Jottl empfindet eher eine Art Widerwillen gegen sich selbst. Unwillkürlich denkt er an Stella. Käme sie jetzt den Flur entlang, er würde sie in den Arm nehmen, so daß sie nicht mehr zweifeln könnte, daß er sie meinte, sie ganz allein.
In solchen Gedanken kehrt Jottl zum Appartement zurück, wo er verblüfft innehält. Sonst stehen auf der Marmorkonsole unter dem Panoramafenster Ta Lus Pflanzen, staudenartige Gewächse mit langen, schwertförmigen Blättern, gelb gerändert, bis zu einem Meter hoch. Sie sind ihr ans Herz gewachsen, seitdem die Katzen und der Hund auf dem Tierfriedhof beigesetzt wurden. Auf einmal gibt es das Grün am Fenster nicht mehr.

Jottl begreift nicht ganz, was da vor sich geht, und auch, woher Pette Kraft und Ausdauer für dieses Hin und Her zwischen dem Wohnraum und dem Schlafraum nimmt, immer eine dieser Stauden im Arm, die er unter den Ehebetten verschwinden läßt, eine links, eine rechts.
„Du bist verrückt, Pette, es würde mich nicht wundern, wenn Tante Lucy dir doch noch den Laufpaß gibt. Jedenfalls wird das ein Drama, das sag ich dir."
Pette kichert vor sich hin und reibt sich vergnügt die Hände. Dann geht er ins Bad. Jottl hört Wasser ins Waschbecken laufen, dazwischen meint er Fetzen von Tante Lucys unverwechselbarem Lachen zu vernehmen. Um sich zu vergewissern, schaut er ins Treppenhaus, wo sie tatsächlich, im Krankenstuhl sitzend, unaufhaltsam näherrückt.
„Pette", ruft er wie um Hilfe, „Pette, Tante Lucy kommt!"
Als Tante Lucy in die Wohnung geschoben wird, verströmt sie einen penetranten Geruch. Der graue Persianer ist nur selten aus dem Schrank gekommen, er riecht eindeutig nach Mottenkugeln, auch nach zehn Tagen Klinikaufenthalt.
Pette ist inzwischen wieder aus dem Bad gekommen und erwartet seine Frau an die Balkontür gelehnt. An seinem rechten Hosenbein zeichnet sich eine dunkle Spur ab. „O Gott", denkt Jottl, „wenn sie das entdeckt." Aber ihre Aufmerksamkeit richtet sich auf etwas anderes. Die ungewohnte Helligkeit, die durch das Panoramafenster strömt und den Raum in ein

fremdes Licht taucht, blendet sie. Nach der Fahrt durch den dämmrigen Etagenflur braucht sie eine Weile, ehe sie sich zurechtfindet.
„Die Pflanzen“, haucht sie, „mein Papagei.“ Und nach einer seltsam vorsichtigen Kopfbewegung zur hinteren Zimmerwand: „Meine Tiere, mein Zoo.“ Dann, mit einem Aufschrei, zu Pette gewandt: „Aus ... aus ... Schluß ... sofort, hast du gehört?!“
Eine zu erwartende Reaktion, die Pette in einem Anfall rauschhafter Aufsässigkeit heraufbeschworen hat. Jetzt, da Lucy nicht mehr wie ein schlechter Traum zu verscheuchen ist, sondern leibhaftig vor ihm sitzt, hätte er am liebsten seinen Hut genommen und wäre gegangen. Aber der einzige Fluchtweg, die Diele, wird durch Lucys Betreuer versperrt. Was bleibt ihm jetzt? Pette hätte auflachen, sich entschuldigen können, indem er die Veränderungen in der Wohnung als Scherz deklariert, als einen, der vielleicht etwas zu weit gegangen ist, zugegeben. Aber als ob er sich gerade jetzt beweisen müßte und das Bild des Prügelknaben abschütteln wollte, in das er sich seit seiner Kindheit gefügt und das er bis ins Alter mitgeschleift hat, weicht er Tante Lucys bohrendem Blick aus. Er schaut an sich selbst hinunter, wo aus der Hose ein Zipfel des Oberhemds blitzt, den er vorhin im Bad nicht ordnungsgemäß verstaut hat. Er kehrt Tante Lucy den Rücken zu, blickt angestrengt zum gegenüberliegenden Staatstheater und krächzt, nachdem er hörbar Luft geholt hat: „Scheidung auf Krücken ... mit achtzig ... daß ich nicht lache.“
„Kai, Torsten“, keift Tante Lucy, „habt ihr gehört?“

Die beiden schauen sich ratlos an. Anfangs haben sie noch gemeint, diese Kalls seien ganz witzig, ihre Schrullen ergänzten sich gar nicht so schlecht. Jetzt begreifen sie, der Spaß ist Ernst. Unauffällig gleiten sie rückwärts aus der immer noch offenstehenden Wohnung. Jottl gleich mit.

Zum Glück läßt Bechstein sie heute morgen in Ruh. Krystyna denkt an die vergangene Nacht: So einer wie Jottl ist schon selten, einer, der nicht gleich zur Sache will, sondern zärtlich ist ohne allzu deutliche Zielstrebigkeit.
Krystyna feilt nervös an ihren Fingernägeln. Ob ihre Nähe auf Jottl ähnlich wohltuend gewirkt hat? Warum kommt er denn nicht? Oder ist er schon wieder fort? Mitten in ihre Gedanken hinein klopft es. Bechstein? Wohl kaum.
„Jottl?“ ruft sie, „du?“
Er werde sie in den Arm nehmen und küssen, denkt Krystyna, während sie das Doppelschloß der Tür entriegelt. Aber Jottl mogelt sich mit gesenktem Kopf an ihr vorbei.
Es gibt Männer, das weiß sie aus Erfahrung, die können tags darauf so tun, als wäre überhaupt nichts gewesen. Jottl hat sie nicht so eingeschätzt.
In Krystynas Appartement gibt es nur eine Sitzgelegenheit, die Schlafcouch. Dort nehmen sie Platz, Jottl am einen Ende, Krystyna am anderen, so daß zwischen ihnen ein üppiger Zwischenraum bleibt. Krystyna versteht Jottls distanziertes Verhalten nicht, Wut steigt

in ihr hoch: „Warum bist du nicht allein gekommen?"
„Das versteh ich nicht."
„Und wie du mich verstehst, wir sind hier zu dritt."
„Bechstein im Kleiderschrank?"
„Sei nicht kindisch, Jottl, hier zwischen uns sitzt jemand, deine Gouvernante, sonst säßen wir nämlich beieinander und umarmten uns, so wie du es gern hättest und ich auch."
Jottl verzieht das Gesicht, es sollte ihn bemitleidenswert erscheinen lassen, in der Hoffnung, Krystyna werde von sich aus die Spannung überbrücken und sich neben ihn setzen. Doch Krystyna denkt nicht daran. Sie ist enttäuscht: „Muß ich wirklich deutlicher werden, Jottl? Stella sitzt zwischen uns, du bist unfrei, gehemmt, bedrückt, gestern, da warst du ungezwungen. Hat Stellas Anruf dich so durcheinandergebracht? Ist sie vielleicht schon unterwegs, um dir das Halsband umzulegen, dich wieder an die Leine zu nehmen? Schade, schade, aber wenn du das brauchst, dann weiß ich wirklich nicht, was du hier willst, dann ist unsere Begegnung wohl ein Mißverständnis gewesen."
Krystyna steht auf und ergänzt: „Andernfalls, Jottl, du weißt, ich sehe dich gern, ich mag dich."
Jottl erhebt sich ebenfalls. Krystyna schiebt ihn mit sanftem Druck hinaus. Im Türrahmen wendet sich Jottl noch einmal um, mit einer hilflosen Geste, um Verständnis bittend. Krystyna schüttelt entschieden den Kopf, ehe sie die Wohnungstür hinter ihm schließt.

# VI

Die Vehemenz, mit der sie nach der Heimkehr aus der Klinik mit Scheidung drohte, läßt befürchten, Tante Lucy werde ihren Willen durchsetzen und das, was man landläufig unter Scheidung versteht, für den enger gewordenen Altersspielraum modifizieren. Es ist gut vorstellbar, daß sie mit Pette nicht mehr an einem Tisch sitzen will und seinen Anblick im Schlafzimmer, vor allem morgens, nicht mehr ertragen kann.

Tante Lucy sitzt auf der Couch. Die heftige Schaukelbewegung ihres Oberkörpers läßt ahnen, es arbeitet in ihr. Pette steht noch, er schaut sehnsüchtig in die Diele. Dort hängt sein Hut. Am liebsten wäre er gegangen. Jottl tut so, als gehöre er überhaupt nicht dazu. Er reibt mit einem Papiertaschentuch Spritzer von der gekachelten Rückwand der Küchenzeile und redet sich ein, das Schweigen um ihn herum sei die normale Stille eines Feiertages. Das Läuten des Telefons fährt allen in die Glieder.

„Jottl, nimmst du ab?"

„Nicht für mich, Tante Lucy!"

Er befürchtet das Gegenteil, nämlich daß Stella anruft und ihn sprechen möchte, und stellt den Apparat dicht vor seine Tante hin.

Pette spürt, das Telefon lenkt von ihm ab. Er verschwindet im Bad. Auch Jottl zieht sich in die Diele

zurück und poliert jetzt den Wandspiegel, während er das Gespräch verfolgt.
„Stella, du?"
– – –
„Ja, seit einer Stunde bin ich zurück."
– – –
„O Gott, o, Gott das ist doch ... vor zwei Wochen, als ich in die Klinik ging, war er noch mopsfidel... Und diese Lukic? Nicht bei ihm?"
– – –
„Mach ich, Stella, Jottl ist ja noch hier, wir schauen gleich nach ihm. Willst du Jottl noch sprechen?"
– – –
„In Ordnung, ich melde mich!"
Jottl ist einerseits erleichtert, daß Stella ihn nicht hat sprechen wollen, andererseits im Zweifel, ob ihre Zurückhaltung ein gutes Omen war.
„Jottl, Stella hat gesagt, sie habe sich bei Bechstein nach dir erkundigt, weil du hier nicht zu erreichen warst, er sei verstört gewesen. Weißt du da etwas?"
„Nichts."
„Ich schau nach ihm!"
„Im Rollstuhl?"
„Unsinn, ich tanz dir noch was vor, du wirst schon sehen."
Aus den Deckenlautsprechern im Hausflur erklingt ein Walzer von Strauß. Ungläubig verfolgt Jottl, wie Tante Lucy zwischen den Krücken die Beine schwingt, sich durch Seitenblicke vergewissert, daß er ihr auch wirklich zuschaut. Sein angespannter Gesichtsausdruck belustigt sie, macht sie noch übermütiger, während

Jottl an ihrer Seite bleibt, darauf gefaßt, ihre Ausgelassenheit werde sie womöglich stürzen lassen.
Die Aussicht, Bechstein wiederzusehen, läßt ihr Herz höherschlagen. Mit der Krücke stößt sie gegen die Tür.
„Ist er ausgegangen?“ fragt sie mehr sich selbst, geht dann zum Nachbarappartement und wiederholt dort ihre Schläge mit dem Stock. Schneller als erwartet wird geöffnet.
„Frau Lukic, Herrn Bechstein geht es schlecht… Wußten Sie nicht? Ich denke, Sie kümmern sich um ihn?“
„Etagenhexe“, durchfährt es Krystyna. Lucys Worte treffen sie wie ein Hagelschauer. Sie schließt die Tür und atmet erst einmal durch. Dann geht sie zum Telefon und ruft Bechstein an. Statt des gedehnten Signals kommt das Besetztzeichen. Krystyna greift nach dem Zweitschlüssel für Bechsteins Wohnung und tritt in den Hausflur, indem sie sich energisch an Tante Lucy vorbeischiebt. Jottl spürt ihren vorwurfsvollen Seitenblick. Jetzt bin ich schon zwei Erklärungen schuldig, denkt er, Stella gegenüber, warum ich nicht dort bin, Krystyna gegenüber, warum ich hier bin.
Krystyna öffnet Bechsteins Appartement. Sie treten ein und entdecken Bechstein: mit offenem Mund, den Kopf zur Seite gelegt. Er scheint zu schlafen. Statt seines dunkelblauen Blazers trägt er einen dicken Islandpullover mit ausgeleiertem Rollkragen, darunter einen altmodischen Schlafanzug, beige, Popeline, mit zerknitterten Hosenbeinen. Vor Bechsteins Füßen stehen ausgetretene Schnürschuhe. Ist er gerade dabei-

gewesen, sie anzuziehen? Ist er zu schwach, zu müde dazu gewesen? Bechsteins schwarzer Stock lehnt am altmodischen Fauteuil, in dem sein mächtiger Körper ruht. Auf einem vierbeinigen Küchenhocker, jedoch so weit entfernt, daß Bechstein sich hätte erheben müssen, um es zu erreichen, steht ein Zahnputzglas, halb mit einer trüben Flüssigkeit gefüllt, das Telefon daneben, Apparat und Hörer getrennt. Tante Lucy schreit in höchster Aufregung: „Keiner faßt etwas an!", läßt die Krücken fallen und bemüht sich, den Puls ausfindig zu machen. Was mißlingt. Jottl greift ein. Nun nimmt er Bechsteins Arm, doch seine Suche nach der pulsierenden Stelle am Handgelenk bleibt ebenso ergebnislos.

Krystyna hebt das Glas und murmelt: „Tabletten?"

Tante Lucys Stimme überschlägt sich: „Hier stimmt doch etwas nicht! Das Telefon, Jottl, mach schon!"

Jottl bückt sich nach dem Apparat.

„Wählen", kommandiert sie, „die Eins, die Eins, die Null!"

Dann übernimmt sie den Hörer, während Jottl den schwarzen Kasten hält: „Hier Frau Kall! Kennen Sie mich? Sie müssen mich kennen! Sie haben meinen Mann zu Hause besucht, als ich in der Klinik lag. Hören Sie, Sie müssen sofort kommen, hier stimmt was nicht … ein alter Mann, ein Freund von mir, er rührt sich nicht, kein Puls, wer weiß … Eine halbe Stunde? Haben Sie keinen Hubschrauber, man sieht doch so viele … Haus Vier Tageszeiten, Kall, Kall!"

Ab einem gewissen Punkt, wenn sich die Verbindung zwischen Körper und Seele aufzulösen beginnt, setzt der Arzt die Amtsgeschäfte der Gesetzeshüter fort. „Ist da noch jemand?“ fragt er mit dem Hörrohr in den Brustkorb hinein, mit dem Lichtstab in die Augen, mit dem Zeigefinger den Puls. Ein Körper, der sich nicht rührt, partout nicht mehr atmen will, ist wohl für immer verlassen worden. Herzversagen steht dann auf dem Totenschein, eine Diagnose, die als Momentaufnahme immer stimmt und den Angehörigen die Genugtuung hinterläßt, der Dahingeschiedene sei bis zum Tod gesund gewesen.

„Herzversagen“, stellt der Arzt fest, „ein schöner Tod.“
Tante Lucy lacht hysterisch auf. „So einfach, Herr Doktor?“ Sie reicht dem Arzt das Glas mit der trüben Flüssigkeit: „Sehen Sie sich das doch an, Herr Doktor, dann wissen wir vielleicht mehr!“
Tante Lucy kennt den verknitterten alten Herrn schon länger. Es heißt, er habe seine Arztpraxis schon immer hier im Haus gehabt. Ältere Patienten konsultieren ihn besonders gern. Nicht verwunderlich, denn er verkörpert einen Typ des Hausarztes, der im Aussterben begriffen ist. Er hat sich nämlich zwei selten gewordene Fähigkeiten bewahrt: er hat Zeit und er hört zu.
„Sind Sie Angehörige?“
Krystyna und Jottl antworten nicht, dafür aber Tante Lucy: „Nachbarin, Freundin, und damit klar ist, was ich meine, Herr Doktor, halten Sie Mord für ausgeschlossen?“

Krystyna und Jottl rücken näher an Tante Lucy heran, um sie zu besänftigen.
„Haut nur ab“, wehrt sie sich, und zum Arzt gewandt: „Sie müssen die Polizei rufen!“
„Frau Kall“, erwidert Dr. Kempp, „das trübe Wasser da kommt aus dem Wasserhahn, es hat einen Chlorgehalt, auf den wir uns weitgehend verlassen dürfen.“
Bechstein wirkt so entspannt wie jemand, der es sich bequem gemacht hat und dabei eingeschlafen ist. Er hätte es sicherlich genossen, im Mittelpunkt zu stehen. Berührt, umsorgt zu werden von Krystyna, so hat er sich seine späte Liebe vorgestellt.
Als der Arzt merkt, daß Tante Lucys Zweifel keineswegs zerstreut sind, setzt er leiser hinzu: „Gnädigste, sind Sie so voller Mißtrauen gegen die Welt?“ Er mustert Tante Lucy nachsichtig.
„Jetzt hören Sie mir mal gut zu, Doktor Kempp, ich habe mich dem Verstorbenen sehr verbunden gefühlt... Wußten Sie das eigentlich, Frau Lukic?“
„Sie gehen zu weit, Frau Kall.“
„Unerhört! Was bilden Sie sich ein? Ich war in der Klinik, als Bechstein Hilfe gebraucht hätte, aber Sie, wo waren Sie, Frau Lukic, als es ihm schlechter ging? Keinen Arzt haben Sie geholt, nichts, nichts gemacht...“
Krystyna Lukic schlägt beide Hände vors Gesicht, Jottl führt sie wie eine Blinde hinaus.
„Doktor, so tun Sie doch etwas!“
Der steht einen Augenblick apathisch da, ehe er sich wieder fängt und den Totenschein ausstellt. Dann beeilt

er sich fortzukommen, um weiteren Bosheiten zu entgehen.

Mit Bechstein allein gelassen, verliert Tante Lucy die Selbstbeherrschung. Sie weint, wimmert: „Flittchen, diese Lukic, sie ist schuld… Bechstein, was mach ich jetzt ohne dich, ganz allein, Pette hat meinen Papagei umgebracht, meine Pflanzen verschleppt, mein Bild weggegeben, sag doch was, Bechstein…"

Mit kleinen Schritten, ohne Krücken, mit ausgebreiteten Armen, um das Gleichgewicht zu wahren, nähert sich Tante Lucy dem Toten und bückt sich über ihn. So nah ist sie ihm noch nie gewesen.

Sie hat nicht bemerkt, daß Jottl zurückgekommen ist. „Du mußt hier fort, Tante Lucy, ich bring dich heim."

„Daß du dieser Lukic traust", fährt sie Jottl an, „weiß Stella eigentlich davon?"

„Komm jetzt, komm!" Jottl reicht ihr die Krücken, erstaunt, daß sie seiner Aufforderung widerstandslos folgt.

Der Götzendienst an Bechsteins Leichnam beschränkt sich auf die ergreifend vorgetragene Standardrede des diensttuenden Pastors und auf das Hinunterlassen des Verstorbenen in den Einäscherungsraum. Die wenigen Trauergäste, Angehörige hatte Bechstein nicht, sind in angemessenem Abstand gegenüber dem Pastor stehengeblieben. Nur Tante Lucy sitzt. Mit rundem Rücken kauert sie zwischen dem blinkenden Chrom ihres Krankenstuhls, in jeder zur Faust gerollten Hand

ein Taschentuch, das den Duft eines süßen Parfums verströmt. Die Worte des Pastors treiben ihr das Wasser aus den Augen. Hinter ihr steht Pette. Sein Blick ruht geistesabwesend auf dem hellen Grün des erweiterten, noch gräberlosen Friedhofterrains.
Auf ausdrücklichen Wunsch Tante Lucys nehmen auch Jottl und Stella an dem Abschied von Bechstein teil. Ihrer beschwörenden Bitte, sie mit Pette nicht allein zu lassen, vermochten die beiden sich nicht zu entziehen. „Pette haßt mich, stellt euch vor, er schiebt mich über den Friedhof, da sind doch überall schon diese Löcher gebuddelt, ich hab Angst, versteht ihr das? Pette kippt mich hinein, geht nach Hause und tut so, als sei nichts geschehen, genauso wie bei meinem Papagei."
Krystyna hat sich so aufgestellt, daß sie Jottl und Stella möglichst unauffällig beobachten kann. Sie hat zuvor noch keine Möglichkeit gehabt herauszufinden, wie sie wirken, wenn sie zusammen sind. Machen sie den Eindruck, daß sie eine über Jahre gewachsene Übereinstimmung verbindet, oder ist es doch eher nur Angepaßtheit?
Stella hat ähnliche Motive, zu Krystyna hinüberzuschauen. Sie versucht, diese immer nur flüchtig wahrgenommene Nachbarin der Kalls, jünger als sie, genauer einzuschätzen und herauszubekommen, wie nahe ihr Jottl gekommen sein mochte.
Jottl hätte sich am liebsten davongestohlen. Er spürt die Peinlichkeit seiner Situation in der Magengegend, als säße er in einer alten Verkehrsmaschine, die immer wieder in ein Luftloch fällt. Das Schlimmste, was

passieren könnte, ist, daß er die eine Frau verliert, ohne die andere gewonnen zu haben. Während der Pastor nicht aufhört, Bechstein zu würdigen, betet Jottl insgeheim: „Erspar mir, lieber Gott, daß ich Rede und Antwort stehen muß, eher will ich in die Wüste gehen und Buße tun."

Aus dieser Ferne holt ihn Stella abrupt zurück. Seine Hand wird genommen, Stellas Finger verzahnen sich mit seinen. Er schaut sie an und sie ihn. Unwillkürlich neigt er den Kopf seitwärts, bis sein Kopf ihr volles Haar berührt. Gleichzeitig nimmt er Krystynas feindseligen Blick wahr. Er drückt Stellas Hand.

Schon zu viele Menschen hat der Pastor mit dem Verlust eines lieben Angehörigen oder Bekannten ausgesöhnt, als daß ihn das Verhalten der Trauergäste noch überraschen könnte. Die Inbrunst, mit der Tante Lucy ihren Schmerz ins Taschentuch schnaubt, Pettes in der Ferne erstarrter Blick, die Annäherung zwischen Stella und Jottl und Krystynas nervöses Mienenspiel erzählen ihm Geschichten, die ihn mehr berühren als die zur Schau getragenen Beileidsmienen.

„Amen", sagt der Pastor, hebt den Kopf, tritt mit schleppendem Schritt vor und kondoliert.

Stella und Jottl, Tante Lucy und Pette verlassen paarweise die Halle. Krystyna verharrt auf ihrem Stehplatz, bis sich alle entfernt haben, dann bricht sie in Tränen aus, die sie irgendwie von der Verantwortung für Bechstein erlösen, wenngleich sein plötzlicher Tod auch ein Schuldgefühl in ihr hinterläßt. Bei dem Gedanken an Jottl verspürt sie keinerlei Regung, eher Gleichgültigkeit, verbunden mit dem Eingeständnis, sich in ihm getäuscht zu haben. Sie hat lange nicht geweint und hätte auch nicht sagen können, ob es Tränen vergeblicher Hoffnung oder impulsiver Selbstbefreiung sind. Keine der Trauer jedenfalls. Weder um Bechstein, der für immer gegangen ist, noch um Jottl, der auch nicht wiederkehren wird. Sie empfindet eher Wut, weil beide, jeder auf seine Art, sie im Stich gelassen haben.

„Oggs!"
„Jottl? Du hast dich lange nicht gemeldet!"
„Stimmt."
„Pette ist in die Klinik gekommen."
„Was hat er?"
„Wieder diesen Zitterarm und den Wackelkopf, Parkinson, du weißt ja, er braucht andere Medikamente, muß darauf eingestellt werden und so weiter."
„Tut mir leid, Tante!"
Ihr Lachen klingt, als ob eine Handvoll Perlen auf eine Glasplatte fiele.
„Tut dir leid? Na, hör mal, Pette läßt mich allein nach diesem Schicksalsschlag..."
„Ich weiß nicht, was du meinst."
„Jottl, Bechstein gegangen, und ausgerechnet jetzt läßt Pette mich allein... Aber weshalb ich dich anrufe, du bist der einzige Angehörige, den ich habe... Ich habe mich von Pette getrennt."
„Wie bitte? Jetzt verstehe ich gar nichts mehr."
Tante Lucys Stimme wird weinerlich: „Pette hätte auch später in die Klinik können, so dringend war es wie-

der nicht, aber er hat ja schon immer nur an sich gedacht, jetzt hab ich genug, endgültig... Jottl? Bist du noch da?"
„Ja."
„Tu nicht so, als ob das für dich aus heiterem Himmel käme."
„Ich weiß, du hast oft gedroht, aber ehrlich, ich habe immer gedacht, so ernst wird es dir nicht sein."
„O doch, und wie, ich habe in der Wohnung eine Wand einziehen lassen, verstehst du, der Durchbruch zwischen den beiden Zimmern ist wieder eine schöne, weiße Wand, ging auch schnell, und umgestellt habe ich auch. Wann kommst du jetzt?"
„Ich komme nicht, Ta Lu. Vielleicht besuche ich Pette im Krankenhaus."
Mit einer heftigen Bewegung legt Jottl auf und faucht, zu Stella gewandt: „Verdammter Altenzoo!"
Stella grinst ihn unverhohlen an.
„Ist etwas?"
„Nein, nichts, ich staune nur, wie entschieden du Tante Lucy abgesagt hast, eigentlich nicht deine Art, gut, gut."
„Ich fahre ein paar Meter mit dem Rad", sagt Jottl unvermittelt, als sei das die naheliegendste Reaktion.
„Fahr nur, fahr", ruft sie hinter ihm her.
Wirklich nicht schwer, denkt sie, in einem so offenen Gesicht Gedanken zu lesen. Wenn Jottl meint, er müsse seiner Gesundheit zuliebe in die Pedale treten, nimmt er meist Reißaus vor sich selbst. Stella ist sich sicher, statt radzufahren hätte er viel lieber Tante Lucy besucht, um diese Lukic wiederzusehen. Wie seine

Tante mit Pette umgeht, hat ihn noch nie gestört. Kein Zweifel, diese Lukic mag er, in Gedanken wird er sie längst verführt haben, dem wirklichen Vollzug weicht er aus. Er käme in einen Zwiespalt, würde sich verraten, davor hat er Angst, vor der Auseinandersetzung, die unweigerlich folgen würde, nicht vor dem Seitensprung. Dabei hätte sie unter Umständen nichts dagegen, aber sie hätten darüber sprechen müssen. Geht es ihr zuweilen nicht ähnlich, im Café, auf der Straße, im Theater, daß sie in einem Fremden den möglichen Liebhaber sieht, sich der Vorstellung überläßt, von ihm verführt zu werden? Warum machen wir es uns nur so schwer, murmelt sie und schenkt sich einen Grappa ein, kippt ihn hinunter. Dann spült sie in der Küche den Geschirr- und Gläserberg, in der Hoffnung, auf andere Gedanken zu kommen.

Im Mittagsschlaf muß es ihn überrascht haben. Angefangen hatte es beim Frühstück, mit verschiedenen Symptomen, die er schon kannte: Seine Arme brachten die Zeitung, in der er hatte lesen wollen, nicht hoch, zu schwer das Papier, kalter Stein geworden die Beine, auf denen er wie sein eigenes Denkmal saß, er hatte Schweiß auf der Stirn. Die Kaffeetasse wollte er zum Mund führen, hatte aber die Nase getroffen, der Arm zitterte, er schien ihm nicht mehr zu gehören. Schuhe und Hosen hatte er gerade noch abstreifen können, dann wurde es dunkel um ihn herum. Er schlug die Augen auf, ohne Zeitgefühl. War es noch hell? Oder schon wieder? Das Bett glitt dahin, langsam, schnell.

Manchmal meinte er, es schaukle ihn in den Schlaf zurück. Dann riß Lucy ihn aus dem Dahindämmern, und er schaute in das Gesicht eines Fremden, der ihn fragte, wie es ihm gehe. Aus der Ferne hörte er eine schrille Stimme: „Herr Doktor, das halt ich nicht aus, alle Fenster sind offen, und es stinkt wie die Pest." Wärmendes Licht kam von draußen herein, wie ein gelber Flügel, unter dem er Ruhe fand. Er hörte immer noch Lucys Gezeter, aber als leiser werdende Wiederholungen, als drehte in seinem Kopf jemand einen stufenlosen Schalter zurück.

Die Betten, in denen sie seit ihrer Hochzeit geschlafen haben, sind jetzt getrennt. Eines steht nun an der Trennwand, an seinem endgültigen Platz, ein braunes Ungetüm, mit hoch sich über Kopf- und Fußwand erhebenden Vierkantpfosten, auf denen Holzkugeln von der Größe einer Ananas den Blickfang bilden.
Tante Lucy, ein Fliegengewicht, wirkt in dem Bett, als liege sie in einer Hängematte. Eine Erneuerung der Matratze hat sie stets mit dem Hinweis abgelehnt, die Matratze habe sich ihren Liege- und Schlafgewohnheiten angepaßt. Sie klagt zwar über Rückenschmerzen und Durchblutungsstörungen in den Beinen, doch sie besteht gegen jeden ärztlichen Rat auf dem Bett, wie es ist.
Daß sie nicht besonders gut schläft, muß wohl auf mehrere Ursachen zurückgeführt werden, während sie selbst nur einen einzigen Grund gelten läßt: Pettes Nähe. Die Schilderungen ihrer Schlafstörungen hören

sich an, als sei die Nacht eine anstrengende Expedition und keine erholsame Pause. Niemand hat sie ernst genommen, gewiß auch ihre geduldige Altenpflegerin nicht, die jetzt täglich kommt, um ihr morgens beim Umzug vom Bett auf die Couch und abends zurück behilflich zu sein.

Daß sie die erste Nacht diesseits der gegen Pette errichteten Ehescheidewand überlebt hat, muß sie einem Schutzengel verdanken, meint Tante Lucy jedenfalls. Sie träumte nämlich, ihr federleichter Körper wäre von einer Bö über die Balkonbrüstung gehoben und durch die Nacht gewirbelt worden. Als der sie tragende Wind unvermittelt aufgehört hätte, sah sie sich auf die Erde stürzen – und wachte völlig außer sich auf.

Am Morgen vermißt Schwester Ursel ihre Patientin sowohl im Bett als auch auf der Couch. Doch erfahren im Umgang mit alten Menschen, läßt sie sich nicht irritieren. Sie ahnt, wo sie sie würde suchen müssen: in der für Pette abgetrennten Wohnungshälfte, wo ihr Schützling dann auch tatsächlich inmitten gurrender und pickender Tauben auf dem Balkon im Liegestuhl liegt, niedergestreckt, mit schwachem Puls. Tante Lucys Wiederbelebung ist eine Frage der Geduld.

Die Erleichterung, diese Nacht überstanden zu haben, läßt sie redselig werden: Jene Geräusche, vor denen sie geflohen sei, hätten ihr gefehlt und sie gar nicht erst einschlafen lassen: Pettes Husten, Schniefen, Schnaufen, Schnarchen.

Ob man sagen könne, fragt Schwester Ursel nach, daß sie Pette vermißt habe, wider Erwarten vielleicht? Eben das, ist Tante Lucys überraschende Antwort. Weil ihr

Pette als Geräuschkulisse gefehlt habe, sei ihr das, woran sie gewohnt war, nun im Kopf herumgespukt. Der Verstand habe ihr wohl gesagt, Pette sei in der Klinik, eine Art Unverstand habe ihr aber vorgegaukelt, er schnarche nebenan. Mit Schlägen ihrer Fäuste gegen die Stirn habe sie sich gewehrt, um die Geräusche in ihrem Kopf zum Schweigen zu bringen. Schließlich habe sie sich aus dem Bett gewühlt, ihre Krücken geschnappt, um sich drüben im ehemaligen Eheschlafzimmer Klarheit zu verschaffen, wobei sie gehofft habe, Pette werde es sein, den sie gehört habe, und nicht dieses Lärmgewitter im eigenen Kopf. Tante Lucys Redeschwall wird von Tränen gestoppt.

„Aber, aber, Frau Kall." Schwester Ursel scheucht die gurrenden Tauben vom Balkon und umarmt das Häufchen Elend im Liegestuhl. Sie klemmt sich beide Krükken unter den Arm und führt Tante Lucy, mit einer Hand ihren welken Oberarm umgreifend, zur Frisierkommode. Sie bündelt das strähnige Haar auf dem Rücken, bürstet es eine ganze Weile, befestigt dann seitlich einen Schmetterling aus schwarzem Samt und fordert Tante Lucy auf, ihr Spiegelbild zu bewundern: „Na, was sagen Sie jetzt, wie eine Fee sehen Sie aus!"

Schwester Ursel drückt ihr einen Lippenstift in die Hand, den Tante Lucy, im zitternden Fäustchen haltend, auf dem vorgewölbten Mund herumfahren läßt. Zwischendurch trifft sie statt des Mundes die Vorderzähne und das Kinn. Die Blicke begegnen sich im Spiegel. Beide kichern, als seien die Ängste der vergangenen Nacht endgültig überstanden.

Auf dem Rad wird er ruhiger. Er denkt an Krystyna, die er begehrt, und sie begehrt ihn auch. Aber er würde bestimmt Stella verlieren, gäbe er seiner Zuneigung nach. Ob er Krystyna dann gewinnen könnte? Vielleicht. Und wenn nicht? Dann hätte er beide verloren. Daß Stella kein Verständnis für seine Situation haben kann, das versteht er zwar, aber es wurmt ihn. Angenommen, Stella käme in seine Situation, er würde anders reagieren, ohne Eifersucht, überzeugt davon, ihre Beziehung werde aus der vorübergehenden Affäre nicht geschwächt, sondern gestärkt hervorgehen. Was Jottl während dieser Gedankenspiele vor Augen hat, ist nicht mehr der Weg, auf dem er fährt. In Gedanken steht er mit Krystyna hinter dem Vorhang am Fenster des Flurs und berührt ihre Brust. Für Sekunden nur, lange genug, um ihn die Böschung zum Fluß hinabstürzen zu lassen.

Die Männer schauen ihr zunächst auf die Beine, dann erst ins Gesicht. Das kränkt sie, weil sie sich nicht als Person angesprochen fühlt, sondern nur als Mittel zum Zweck. Mit Jottl ist es anders. Schon damals, als sie sich im Lift gegenüberstanden. Nur wenig hat gefehlt, und er hätte sie angesprochen, da ist sie sicher. Und jetzt? Sie versteht ihn nicht. So fremd erscheint er ihr wieder, als wären sie einander nie nähergekommen.
Wen sie wirklich vermißt, ist Bechstein, seine rauhe Herzlichkeit. Verwaist kommt sie sich vor. Seit seinem Tod hat Krystyna seine Wohnung nicht mehr

aufgesucht. Sie holt den Zweitschlüssel und geht hinüber, zum letzten Mal. Eine Entrümpelungsfirma wird die Möbel holen und zum Sperrmüll fahren. Das Aquarium, auf dessen Sandboden die Ketten, Perlen und Ringe lagen, ist leergeräumt. Krystyna wundert sich. Noch am Tage vor Bechsteins Tod waren dort Schmuckstücke. Sie fährt mit den Fingern durch den Sand. Nichts.

Er hat ja immer wieder inseriert, kürzlich noch, vielleicht liegen in seinem Postfach Offerte oder Anfragen. Nicht daß sie seinen Handel fortsetzen will, das nicht, aber nachschauen könnte sie ja und seinen Geschäftsverkehr beenden. Bechsteins Schlüsselbund ist auf der Sitzfläche des Sessels, auf dem er für immer einnickte, seitlich in die Ritze gerutscht. Zu ihrer Überraschung ist Bechsteins Briefkasten leer, doch in ihrem Postfach daneben sieht sie durch den schmalen Sehschlitz ein bräunliches Kuvert. Ihren Briefkastenschlüssel hat sie nicht dabei, also steckt sie versuchsweise Bechsteins Schlüssel hinein – er paßt. Sie zieht einen handgeschriebenen Brief aus dem Umschlag:

Meine Krystyna, jeder ist, solange er lebt, auf der Suche nach dem Glück. Daß er es nie erreicht oder nur selten, lähmt ihn nicht, im Gegenteil, das beflügelt ihn, und wenn er eines Tages meint es zu haben und im nachhinein feststellt, daß es eigentlich nicht das war, was er sich vorgestellt hat, dann bleibt ihm wenigstens die Erinnerung an einen schönen Traum, der ihn von nun an begleitet, und die Hoffnung, er sei seiner Verwirklichung näher als je zuvor. Mir war beides vergönnt. Du warst mir Traum und Wirklichkeit zugleich. Ich gab Dir, was ich habe, und Du hast es angenommen. Bechstein.

Aus dem steifen Kuvert kullern jene Schmuckstücke, die Krystyna noch am Tage vor Bechsteins Ableben auf dem Sandplatz im Aquarium gesehen hat. Fast hätte sie das Kuvert im Kuvert übersehen, einen kleinen weißen Umschlag, in dem durch eine Büroklammer zusammengehaltene Geldscheine stecken. Ohne gezählt zu haben, weiß sie, so viel Geld hat sie noch nie beieinander gesehen. Krystyna schluchzt auf und weint los, das Gesicht hinter Haaren und Händen verbergend. Erst als sie seine Stimme zu hören meint und förmlich sieht, wie er seinen gelben Strohhut hochwirft, faßt sie sich wieder.
Sie wirft die Haare zurück und legt Bechsteins Schlüsselbund in den Sessel zurück. Den Zweitschlüssel nimmt sie mit. Zieht dann die Wohnungstür hinter sich zu, bedächtig, entschieden. Zum letzten Mal.
Statt den Lift zu nehmen, geht Krystyna die vielen Stufen ins Foyer hinab. Draußen neben dem Portal hat sich ein kleiner Menschenauflauf gebildet, den sie nicht weiter beachtet, bis sie die vertraute Stimme hört: „Ich bin Frau Kall… Kennen Sie mich nicht?"
Unten im Foyer ist Tante Lucy öfter gesehen worden, wie sie von der Besuchercouch aus nach draußen schaute, in den Passantenstrom, und mit ausgehenden oder heimkehrenden Mietern ein Wort wechselte, ein Lächeln, einen Blick. Kleine Ausflüge mit dem Lift, um in das, was sich ihr als Leben darstellte, einzu-

tauchen. Dazu hatte sie sich immer feingemacht, als wollte sie ins Café und wartete in der Eingangshalle darauf, abgeholt zu werden.
Doch heute sucht sie keine sinnlichen Anregungen. Zum ersten Mal nach ihrem Klinikaufenthalt hat Tante Lucy das Haus verlassen und sitzt auf der steinernen Bank neben dem Portal. Krystyna blickt zwischen den Köpfen der Schaulustigen hindurch: Lucy trägt einen viel zu weiten, viel zu langen Herrenpullover aus brauner Shetlandwolle, ein Museumsstück, das selbst Pette, ein nun wirklich nicht auf Äußerlichkeiten bedachter Mann, längst ausrangiert hat, dazu weite Hosen aus grauem Flanell. Über roten Lederpantöffelchen mit halbhohem Absatz kräuseln sich schwarze Strümpfe. Ein blauer Nappamantel hängt um ihre Schultern. Und erst der Schmuck, den sie angelegt hat: ein goldenes, um ihr Handgelenk schlotterndes Gliederarmband und ein mit funkelnden Steinen bestücktes Geschmeide um den faltigen Hals. In der rechten Hand hält sie ein paar zerknitterte Geldscheine, als warte sie auf ein Angebot aus dem sie umstehenden Halbkreis, und immer wieder krächzt sie: „Ich bin Frau Kall… Kennen Sie mich nicht?"
Krystyna spürt die aggressive Stimmung in der gaffenden, tuschelnden Menge, die sich jederzeit hätte entladen können. Geistesgegenwärtig drängelt sie sich zu Tante Lucy durch und sagt, als ob sie froh sei, eine Vermißte wiedergefunden zu haben: „Da bist du ja, Tantchen, laß uns gehen, es wird Zeit."
Im Lift, unter vier Augen, entschuldigt sie sich für die Einmischung: „Sie müssen entschuldigen, Frau Kall,

aber ich denke, es ist Ihnen recht, daß ich Sie von dieser Gesellschaft erlöst habe." Tante Lucy steht gebeugt zwischen ihren Stöcken, ohne irgendeine Reaktion. In ihrem Appartement fällt sie aufs Bett und sieht nicht gerade glücklich aus. Krystyna deckt sie zu. Da schnarcht Tante Lucy schon, mit weit geöffnetem Mund.

In Schwester Ursels Vorstellung ist die Grenze zwischen Leben und Tod ein Strom, in dem der Mensch zwischen den Ufern treibt, mal dem Diesseits näher, mal dem Jenseits, bevor er endgültig drüben strandet. Jenseits, das ist für sie ein heller Strand, von einer Heerschar heiterer Engel bewohnt, wie sie sie vom Himmelsgemälde über dem Ehebett ihrer Eltern kennt. Ohne diesen kindlichen Glauben hätte sie ihren Beruf, erst als Krankenschwester, dann als Altenpflegerin, nicht so tapfer ausüben können.
Schwester Ursel bekreuzigt sich, bevor sie den Schlüssel ins Schloß steckt, behutsam öffnet und horcht.
„Frau Kall?" fragt sie zögernd hinein, in der Diele verharrend. Und eindringlicher, als sich nichts rührt: „Ich bin's, Schwester Ursel, ja, wo sind wir denn, Frau Kallekall?"
Tante Lucy bleibt stumm. Auf dem Bildschirm des Fernsehers tanzt dichtes Schneegestöber. Das Bett ist zerwühlt, auf dem Teppich zeichnet sich eine von verschütteten Haferflocken gezogene Spur ab, auf dem Couchtisch liegen buntgesprenkelte Pillen und Kapseln.

Beruhigend, denkt Schwester Ursel, der Rollstuhl steht zusammengeklappt an der Wand. Nachdenklich macht sie aber, daß sie Tante Lucys Nachthemd nicht sieht. Deren Kleidungsstücke jedoch liegen ordentlich auf dem Hocker neben dem Bett.
Sie wird nun doch den Neffen wissen lassen, diesen Jottl, daß es mit der Tante bergab gehe, kommen soll er, sich überzeugen von dem Verfall, der sie unberechenbar mache, zum Pflegefall, wenn der liebe Gott dem nicht bald ein Ende setze.
In der Tür zu Pettes Wohnteil steckt der Schlüssel. Neugier läßt Schwester Ursel unhörbar in die Wohnung gleiten. Was sie dort entdeckt, bestätigt ihre schlimmsten Befürchtungen: „Frau Kall, mein Gott, was machen Sie?"
Tante Lucy nimmt von Schwester Ursel nicht die geringste Notiz, vielmehr steigert sie ihre hektische Tätigkeit noch. Schwester Ursel begreift, hier muß etwas geschehen. Noch flattert der Papagei in seinem Käfig und weicht der drohenden Gefahr geschickt aus. Tante Lucy stößt ein Rasiermesser zwischen die Gitterstäbe, sie hat schon die Federn getroffen und ein paar Daunen abrasiert, die im Zeitlupentempo abwärts segeln.
„Dir ... dir ... zeig ich's ... du ... du..."
Ehe sie wieder zustoßen kann, hat Schwester Ursel Tante Lucys Arm auf den Rücken gedreht, wobei das Messer zu Boden fällt. Die Schwester fängt ihren verwirrten Schützling auf, trägt ihn zu Pettes Bett und legt ihn behutsam hin. Tante Lucy ist irritiert: „Schwester, das ist doch Pettes Bett, und der kommt doch

nachts, und dann hör ich ihn durch die Wand, wie neulich, Schwester, wissen Sie noch? Und morgens zieht er wieder los, in die Klinik zurück, er wird doch auf neue Medikamente eingestellt, müssen Sie wissen. Schwester, heute hab ich ihn überführt, mein Vogel ist Zeuge, wir kamen ganz ganz früh, und was soll ich Ihnen sagen, Pette war schon auf und davon, dabei hatte ich ihn kurz zuvor noch husten hören und stöhnen… Ich denk mir manchmal schon, Pette ist auch auf der Flucht vor mir."

„Wer hat Ihnen nur mit dem Käfig geholfen, Frau Kall?"

„Na, wer schon, Schwester?"

„Ja, wer?"

„Na, ich hab ihn am Boden geschubst, mit der Krücke gezogen, dann kam von drüben dieser nette alte Herr aus der Tür, Sie haben ihn sicher auch schon gesehen, und der hat ihn mir reingetragen und auf die Kommode gestellt."

„Und was war mit dem Papagei?"

„Schwester, Nacht für Nacht Pette nebenan, verstehen Sie, ich ertrag es nicht, da ziehe ich die Nachtdecke vom Käfig, denke, er erkennt mich und sagt meinen Namen … und was krächzt dieses Herzstück? Pette … 'etze, 'etze oder so, nicht Ta Lu. Ta Lu hör ich überhaupt nicht mehr, verstehen Sie, Schwester, auch Jottl kommt ja nicht mehr, da bin ich wild geworden."

Tante Lucy stößt einen in Winseln übergehenden Schrei aus, als hätte sie sich wehgetan und nicht dem Vogel.

Schwester Ursel, gewohnt, die Fassung zu bewahren, knöpft ihr grauschwarzes Sakko zu, läßt die Finger mehrmals wie einen Pflug durch den dichten, bürstenkurz geschnittenen Schopf fahren, deckt den wieder von der Stange nickenden Papagei mit der Nachtdecke zu und trägt den Käfig in Tante Lucys Appartement zurück.

„Und ich ... wer trägt mich?" krächzt Tante Lucy und wackelt zwischen ihren Leichtmetallstöcken hinterher.

Stella nimmt den Zug. Sie weiß, Jottl macht sich Gedanken, wenn sie mit dem Wagen allein unterwegs ist – genaugenommen sich selbst zuliebe. Allein käme er schlecht zurecht.

„Gib acht auf dich", sagt Stella zu ihm, legt die Hand um seinen Hinterkopf und küßt ihn auf den Mund.

„Du auch", erwidert Jottl, „und grüß schön."

Stella hätte am liebsten zurückgefragt: „Die Lukic?" Aber sie hätte damit eine Unstimmigkeit heraufbeschworen, die bis zur Abfahrt des Zuges nicht mehr ausgeräumt werden könnte. Damit er ihr den Einfall nicht vom Gesicht abliest, küßt sie ihn nochmals, bis sie meint, wieder Herrin ihres Mienenspiels zu sein.

Jottl bleibt auf dem Bahnsteig zurück und winkt dem Zug hinterher.

Tante Lucy ist wirklich zum Teufelsweib geworden, als sie diese Schnellbauwand einziehen ließ, um die gegenseitige Unterstützung aufzukündigen, die beide immer dringender gebraucht hätten. Im Grunde wird sie sich nicht geändert haben, denkt Stella. Schon in ihrer Glanzzeit als Tänzerin soll sie eigenbrötlerisch gewesen sein. Während die Kolleginnen und Kollegen der Cabaret- und Nachtclubauftritte gemeinsam die Freizeit verbrachten, soll sie im Hotelzimmer gesessen sein. Jottl erzählte oft, daß er vor dem exaltierten Gehabe Tante Lucys, vor dem gepuderten Gesicht, den getuschten Wimpern und den üppig geschminkten Lippen Reißaus genommen habe, wenn sie aus einer für ihn nicht nachvollziehbaren Ferne in die ländliche Kleinstadt gekommen sei und sich vom Bahnbeamten ihr mit bunten Aufklebern verziertes Gepäck vom Bahnsteig tragen ließ. Es gelang ihr sogar, einen zum Wochenmarkt fahrenden Bauern zu überreden, sie samt Koffer, Taschen, Hutschachteln zwischen Obst- und Gemüsekisten zu ihren Verwandten zu kutschieren. Jottl, der sie gar nicht auf dem Bahnsteig erwartete, sondern die Ankunft seiner Tante aus einem Gebüsch beobachtete und dann in gebührendem Abstand zu dem Pferdefuhrwerk nach Hause ging, schämte sich für Lucy, deren enger Rock nicht einmal die Knie bedeckte und ihn Abenteuer ahnen ließ, vor denen er damals, als Kind, noch den Kopf senkte oder die Augen schloß.

Daß Jottl jetzt seiner auf makabre Art hinfällig werdenden Tante ebenso ausweicht wie damals der zwanghaften Selbstdarstellerin, paßt zu ihm. Allerdings fragt sie sich, ob Jottl seinen Besuch nicht auch deshalb immer wieder verschiebt, weil er sich mit dieser Lukic auf ein Techtelmechtel eingelassen hat, dessen mög-

liche Konsequenzen ihn, ängstlich wie er ist, schlicht überfordern.
Stella verläßt den Lift, schließt die Glastür zwischen dem hellen Treppenhaus und dem langen Flur und sieht Tante Lucys hochgestreckten, in langen roten Handschuhen steckenden Arm, sie winkt, als stünde sie auf dem Bahnsteig, in Erwartung abgeholt zu werden. Stella winkt zurück, verwundert über den freundlichen Empfang, denn Tante Lucy ahnte nichts von diesem Besuch. Eine Überraschung sollte es sein. Außerdem erlauben es die spärlichen Lichtverhältnisse kaum, jemanden zu erkennen, der vom anderen Ende näherkommt. Tante Lucy wirkt ungewöhnlich aufgeräumt und ist von einem schleierartigen Chiffongespinst umhüllt, einem weiten, togaähnlichen Gewand, das bis zu den Knöcheln reicht. Die weißen Haare fallen links über die Schulter nach vorn.
Als Stella näherkommt, meint sie unter dem Chiffongewand ein faltenwerfendes Trikot zu erkennen, das sich dem genaueren Blick jedoch als Körperhaut offenbart. Die Brustwarzen, zwei dunkle Steinchen, schimmern durch das transparente Kostüm. In der Hand, mit der Tante Lucy gewunken hat, hält sie eine lange schwarze Zigarettenspitze, während die andere Hand immer wieder, gleichsam manisch, über die hinter dem Ohr nach vorn fallenden Haare streicht.
Noch bevor Stella eine Begrüßungsformel anbringen kann – Berührungen sind ohnehin verpönt –, kommt Bewegung in Tante Lucy. Mit klirrender, im Widerspruch zu ihrer erbärmlichen Erscheinung stehender Stimmgewalt schießt es aus ihr heraus: „Wie lange soll

ich denn noch warten... Basco van Dihl wird sich Sorgen machen."
Hat sie wieder einen ihrer Ticks? denkt Stella und ruft: „Grüß dich, Ta Lu, du hast gewußt, daß ich komme?"
„Klar, Basco van Dihl hält sein Wort, er will mich sehen, ich bin in seiner Zigeunershow der allerallererste Nackttanz überhaupt..."
„Ich bin Stella, Ta Lu, erkennst du mich nicht?"
„Stella, Stella, nee, nee, nee, die ist noch nie ohne ihren Jottl gekommen, aber ich kann Ihnen sagen, woher Sie sind, Basco van Dihl hat Sie geschickt."
„Unser Ballettmeischter, gell?" hört Stella eine dunkle Stimme hinter sich. Schwester Ursel segelt mit rudernden Armen und Beinen heran.
„Wo bleiben Sie, Schwester? Wir müssen los."
„Wir nehmen den Wagen, Frau Kallekall, nicht wahr?"
„Das blaue Cabriolet, Schwester, und ich fahre im Pelz."
Die Entschlossenheit, mit der Schwester Ursel den blauen Rollstuhl auseinanderklappt und Tante Lucy in das Gefährt bugsiert, verwirrt Stella. Das Gefühl, überflüssig zu sein, wenn sie jetzt nicht auch etwas tue, läßt sie eilfertig in die Wohnung gehen und Tante Lucys schwarzen Persianer aus dem Dielenschrank zerren. Plötzlich steht Schwester Ursel hinter ihr und flüstert: „Wie gut alles klappt, Sie brauchen nicht mit, ich mach das schon, wenn Sie dann nur die Wohnungstür abschließen."
„Schwester, wo bleiben Sie?" schreit Tante Lucy aus dem Treppenhaus.

Aus den Deckenlautsprechern plätschert ein Marsch. Der zweite rote Stulpenhandschuh, den Tante Lucy nicht übergezogen hat, ist auf dem Boden liegengeblieben. Stella trägt ihn ins Appartement. Die Balkontür steht offen, draußen der Vogelkäfig, verdreckt, von seinem exotischen Bewohner verlassen, als habe er das Weite gesucht oder suchen müssen.

# VII

Pette fühlt sich wohl. Die eingeschränkte Bewegungsfreiheit wird ihm kaum bewußt. Kinderbett, denkt er manchmal und vergißt wieder, wo er ist. Er wäre auch ohne das seitliche Gitter zu schwach gewesen, sein Lager allein zu verlassen. Schon sich halbwegs aufzurichten schafft er nur mit Unterstützung der ihn betreuenden Schwestern. Die sind ihm zugetan: ein schicksalsergebener Patient ohne Sonderwünsche. Dafür belohnen sie ihn. Kontrolliert eine Schwester den Tropfenfall der Nährmittellösung in dem Schlauch über ihm, streicht sie gleich seine Bettdecke glatt, nach dem Fiebermessen kämmt sie mit den Fingern sein schütteres Haar. Was er stets bekommt, sobald eine Schwester das Zimmer betritt, ist ein Lächeln. In so einem Augenblick fühlt Pette sich wieder gesund. Hätte Tante Lucys Lächeln nur einmal ganz allein ihm gegolten, er wäre dahingeschmolzen. Doch ihre Zuneigung ist den Tieren vorbehalten, dem Papagei, den Katzen, dem Hund. Erinnerungen an die Zärtlichkeiten seiner Mutter, lange hinter den Hieben des Vaters verblaßt, suchen ihn heim. Er hätte den Schwestern gern gedankt, wenn er sich noch hätte verständlich machen können. Die Schwestern lesen ihm das eine oder andere Wort von den Lippen ab, sie halten auch mal ein Ohr an seinen Mund, um herauszubekommen, was er sagen will, den Namen seiner Frau zum Beispiel meinen sie zuweilen herauszuhören. Wenn sie ihm dann sagen, Tante Lucy gehe es nicht so gut, antwortet er mit einem schwachen Nicken des Kopfes, wobei seine Augen sprunghaft größer werden.

Den Parkinson hätten die Ärzte vielleicht wieder in den Griff bekommen können, doch als ihn eine Lungenentzündung überfiel, gab sein geschwächter Körper auf. Seine Asche wurde auf dem Zentralfriedhof beigesetzt. In einem neu angelegten Abschnitt, Sektor Q, Reihe 28, verschwand die Urne unter einer Aufschüttung mit dem Schildchen Nr. 345. Niemand suchte ihn dort, ein Los, das er mit den meisten seiner Nachbarn teilte.

Tante Lucy hätte seiner Zuneigung bedurft, so wie er ihrer. Aber als er ihr fehlte, nachdem sie ihn in die Klinik getrieben hatte, als sie hinter der Trennwand seine Stimme zu hören meinte, war es für beide zu spät geworden. Sie floh in eine Traumwelt, hörte Stimmen von Menschen, die längst nicht mehr lebten, und sprach mit ihnen, als stünden sie vor ihr. Schwester Ursel hatte begriffen, spielte mit, tat so, als wartete dieser Ballettmeister tatsächlich auf den Auftritt der Tänzerin. Sie brachte sie dorthin, wo ihre Wirklichkeit anerkannt wurde: in die psychiatrische Abteilung der städtischen Klinik. Von dort aus wurde Tante Lucy in die Pflegestation eines Altenheims überwiesen, wo sie sich liebevoll einer Puppe annahm, die wohl schon durch viele Hände gegangen war.